目次

# ガーターベルトをつけた美人官僚（キャリア）

# 第一章　東京駅、帰宅ラッシュ

## 1

帰宅ラッシュの時間帯とあって、東京駅のＪＲ山手線ホームは乗降客であふれていた。

そのホームの、約束した待ち合わせ場所付近に立って人込みを見まわしながら、加賀見赳夫(かがみたけお)はあらためて思った。

——彼女、本当にくるだろうか。きたら、ほぼ百パーセント、俺の推察が当たっていたことになる。それにしても、まだよくわからない、というか信じられない。あの柚木貴子(ゆずきたかこ)という女に、彼女が俺に親友の話として語った、あんないささか異常な欲望があるなんてことが……。

実際、貴子からその話を聞いたとき加賀見自身、最初は彼女の親友の話として
まったく疑わなかった。

ところが途中でふと、疑念が浮かんできたのだ。精神科医ならではの直感が働
いて、といってもいい。

——これは親友の話じゃなくて、彼女自身のことではないのか。自分のことと
して話すのは恥ずかしいので、親友のことにしたのではないか。

そう思ったのだ。そしてそれを確かめるべく、加賀見は柚木貴子にデートを申
し込んでみたのだ……。

——それは三日前、先週の金曜日のことだった。

その夜、加賀見は〝婚活〟を目的とした〝合コン〟に参加した。参加する男性
の職業が医師というのが条件の合コンだった。

〝婚活〟も〝合コン〟も、加賀見は初めてだった。もとよりいずれも関心も興味
もなく、それどころかばかばかしいと思っていた。参加者が釣り堀の魚のように
感じたせいもあった。

それでいて今回初めて参加したのは、勤務先の大学病院でその種の仕切りがメシよりも好きな事務長から執拗に懇願されたのと、たまたまほかに予定がなかったからだが、実際のところなぜ参加する気になったのか、当の加賀見自身にもよくわからなかった。

いくら執拗に懇願されても断ろうと思えば断れたはずで、第一そんな場を利用しなくても女関係ではさほど不自由はしていなかったため、いままでだったらまちがいなく断っていた。なのにそうしなかったのは、まさに魔が差したというよりほかなかった。

しかもその〝魔〟が、さらに思いがけない展開を用意していようとは、当然のことながら加賀見は想像だにしなかった。

合コンの席は、都心のフランス料理店だった。顔ぶれは男女五人ずつ。みんなアラフォーの年齢で、四十五歳の加賀見が一番年上だった。

それに当然のことながら全員が独身で、バツイチと未婚がほぼ半々。バツイチの一人が加賀見だった。

男性五人の内訳は、加賀見と同じ大学病院から内科医が一人、残り三人は民間の総合病院の医師が一人に開業医が二人。

女性のほうは多彩だった。自営業が二人にＫ省のキャリアと弁護士、それに資産家という無職のセレブが一人。

合コンはフランス料理とワインでそれなりに盛り上がった。

ところがそのうち加賀見は、その場から退散することを考えはじめていた。それも一人の女性を誘ってそうしようと——。

女性の名は、柚木貴子。Ｋ省のキャリアで、三十六歳。参加者のなかでは一番若かった。

最初に貴子と顔を合わせた瞬間、加賀見はピンとくるものがあった。要するに一目で気に入ったのだ。好みのタイプだった。

容貌は全体的に整っていて、理知的な、という形容がぴったり。ヘアスタイルは艶のある黒髪のセミロング。それにいかにも役人らしいスーツを着ていたがプロポーションもよかった。

ただ、見る者によっては近寄りがたい印象を受けるかもしれない。そんな雰囲気もないではなかった。

頃合いを見計らって、加賀見は柚木貴子に囁いた。

「よかったら、ふたりで抜けませんか」

貴子は驚いた表情を見せた。が、すぐに微笑して「ええ」と応えた。

これには加賀見も驚いた。応じてくれるのを期待していたものの、こうあっさりいくとは思っていなかったからだ。

加賀見は気をよくして貴子に耳打ちした。自分が先に抜けてTホテルの地下にあるバーにいっているから、あとからきてほしいと。

Tホテルがある場所は、フランス料理店から歩いて五分ほどの近場だった。

そのバーで加賀見が待っていると、果たして十五分ほど遅れて貴子がやってきた。

加賀見はバーボンの水割りを飲んでいた。貴子はカシスオレンジを注文した。

「じつは」と加賀見は合コンに参加するまでの経緯を正直に貴子に話した。すると貴子は驚き、

「わたしもそうなんです」

偶然にも彼女も職場の合コン係から頼み込まれて断りきれず、しぶしぶ参加したというのだ。

そこに貴子が注文したカシスオレンジがきた。

「なんだか運命を感じるような偶然ですね。それも素晴らしい偶然だ。まずはこ

の偶然に乾杯しましょう」

加賀見がそういって笑いかけながらグラスを持ち上げると、貴子も微笑み返して、ふたりはグラスを合わせた。

「本当にすごい偶然……参加してよかったです」

カシスオレンジを一口飲んでから貴子がいった。

「よかった？」

「ええ」

加賀見にそう答えると、貴子は手にしているグラスを見つめて、

「精神科医の、すてきな先生とお会いすることができて、しかもその先生とこうしてご一緒できて……」

「すてきな先生だなんて、お世辞がすぎますよ」

加賀見は照れ笑いしていった。

「それをいうなら、ぼくのほうです。まさかこんな魅力的な女性に出会えるなんて、ましてやこうしてふたりきりになれるなんて思ってもみませんでしたから」

「いやだわ、先生のほうこそ、褒めすぎです。わたしなんて全然魅力的じゃないですよ」

「それはあなたが決めることじゃなくて、相手のぼくが決めることです」

加賀見が故意に真顔でいうと、貴子は一瞬当惑したような表情を見せた。が、すぐに彼女も真顔になって、

「先生のそのお言葉、わたしもそのままお返しします。すてきな先生というのはわたしがそう思い、そう感じたことです」

「マイッタな」

加賀見は苦笑した。

「わかりました。素直に受け止めます。ありがとう。貴子さんもそうしてほしいな」

「じゃあわたしもそうします。ありがとうございます」

ふたりは笑い合った。

加賀見はあらためて貴子に魅力を感じていた。頭の回転がよく、彼女との会話は心地よかった。ただ、ちょっと気になっていることがあった。

「それはそうと、さきほど貴子さんいってましたね、精神科医のぼくと出会えてよかったって。なにか問題でもあるんですか」

「え？　ええ……でもわたしのことじゃなくて……それに、ちょっといいにくい

ことなんです」

貴子は困惑したようすでいった。これまでとちがって歯切れもわるい。

「無理にとはいわないけど、もしよかったら話してごらんなさい」

加賀見は患者に接しているような気持ちになっていった。

「ええ……」

貴子はつぶやくようにいうと、カシスオレンジを飲み干した。話しているうちに飲んでいたので、最後の一口だった。

加賀見は貴子につぎはなにがいいか訊き、自分のバーボンのお代わりと一緒にバーテンダーに注文した。貴子のリクエストは、モヒートだった。

カクテルのモヒートには、変わった謂れがある。ラムの甘いほのかな風味とフレッシュミントの爽やかさがミックスした味とはいささか異なる『魔法や魔術にかける、あるいは麻薬の虜』というような意味の言葉が語源になっているといわれているはずだった。

うろ覚えのその謂れを、加賀見が話して聞かせると、

「そうなんですか……驚いたわ、これも偶然かしら。わたしがいった、ちょっといいにくいってことも、『麻薬の虜』ってことに少し似てるみたいなんです」

貴子は言葉どおり驚きを隠せないようすでいった。

そこにモヒートとバーボンがきて、ふたりは乾杯の仕種をしてグラスを口に運んだ。

貴子はモヒートを一口飲んでグラスをカウンターの上に置くと、フレッシュミントのグリーンが鮮やかなそれを見つめたまま、口を開いた。

「じつは学生時代からの親友の話なんです。彼女、硬い仕事についてて、性格も真面目で、男性関係でもガードが固くて、周囲からはとっつきにくいといわれるほどなんですけど、そんな彼女から信じられない告白を聞かされたんです」

「ほう、興味深い話ですね。どんな告白です?」

「それが……痴漢の話なんです」

「痴漢――?!」

加賀見は思わず声のトーンが上がった。

貴子は小さくうなずいてからつづけた。

「彼女、二十八歳のとき、通勤中の満員電車のなかで痴漢に遭って、そのときのことがトラウマになって、すごく悩んでるんです。……というのも、とても屈辱的な被害を受けたにもかかわらず、そのとき抗しがたい興奮と快感に襲われてしまって、それが忘れられなくなっているからなんです」

「とても屈辱的な被害というと、具体的には……あ、これはトラウマの原因にもかかわってくることなので訊いてるんですけど、できれば教えてください」

興味本位ではないことを伝えるために、加賀見は付け足した。

「彼女のことでも、お話しするのはちょっと恥ずかしいんですけど」

貴子はうつむいていった。

「下着のなかにまで手を入れられて、触られたらしいんです」

「それはひどいな。でも彼女は興奮して感じてしまったということですね？」

「ええ。ただ、そのときは頭のなかが真っ白になってしまって、なにがなんだかわからなかったようです。でも何日か経って、興奮して感じていたんだとわかって、すごい自己嫌悪に陥って……それからも折に触れていやなことを思い出してしまって、そのたびに苦しんでいたらしいんです、それも何年も。そのうち自己嫌悪は徐々に薄れてきたようなんですけど、そのかわりなぜか痴漢されたときの興奮と快感を生々しく思い出すようになったというんです」

「それは、なにかきっかけのようなものがあって？」

加賀見は訊いた。

「きっかけといえるかどうか、彼女、恋人がいたんですけど、彼とのセックスが徐々になんとなく物足りなくなってきていたようです。セックスしてるとき、痴漢されたときの刺戟とか興奮とか、それに快感とか思い出してしまって、そのせいだと思うと彼女はいってました。で、彼とは別れたんです。それが二年くらい前で、ふつうのセックスでは満たされないとわかって彼女、それ以来セックスレスの状態なんです」

「なるほど……大体のことはわかりました」

加賀見はそういって残り少なくなっているバーボンを飲み干した。それにならったように貴子もモヒートのグラスを空けると、

「先生、こんなだれにもいえないようなトラウマから解放される、なにかいい治療法とか方法とかはあるんでしょうか」

と、手にしているグラスを見つめたまま訊く。

加賀見はその横顔に見とれた。セクシャルな話をしているうちに貴子自身興奮してきたのか、アルコールの酔いだけとは思えない、ドキッとするほどの艶かしさがあったからだ。

「そうですね。彼女の協力があれば、ないことはないと思いますけど……」

「協力って、どんな協力です？」

思わずという感じで貴子が加賀見を見て訊く。

「ぼくのいうとおりにしてもらうことです。ただし効果を考えた場合、その内容についてはまえにいわないほうがいいと思います。それとその前に、ぼくから貴子さんにお願いがあるんですけど……」

「わたしにですか。どんな……」

怪訝な表情で訊く貴子に、加賀見はデートを持ちかけた。——待ち合わせ場所と時間を指定し、日にちは忙しい貴子の都合がつく日でいいと。

すると貴子は、明らかにうろたえたようすを見せた。

その反応を見て、加賀見は胸騒ぎをおぼえた。確信はなかったものの、もしやと思っていたことを裏付けるような反応だったからだ。

ただ問題は、果たして貴子がデートに応じるかどうかだった。なにか理由をつけて断るのではないか。そう思った加賀見だが、

「わかりました。三日後でしたら……」

貴子はそう答えたのだ。それだけで、ふつうなら当然不審に思って訊くだろう待ち合わせ場所について、彼女はなにもいわなかった。

それこそ、加賀見の推理を裏付けている証拠といってよかった。

それともうひとつ、加賀見の推察の確度を高めていることがあった。貴子とデートの約束を取り付けたあとで、加賀見はツテを頼って貴子のK省での評判を入手したのだ。

それによると、貴子が親友についていったこと――「硬い仕事についていて、性格も真面目で、男性関係でもガードが固くて、周囲からはとっつきにくいといわれるほど」――にほぼぴったりで、「硬い仕事」はまさに貴子に当てはまり、評判ではその仕事の面でも「優秀で将来を嘱望されている」ということだった。

## 2

それでもまだ、貴子がくるかどうかわからないと加賀見は思っていた。

なにしろ優秀なキャリアだ。リスクに対してはより慎重なはずで、いざとなったら思い直してこない可能性も充分あり得る。

ただ、それならなぜ恥辱的な告白をしてデートに応じる約束をしたのか。アルコールのせいとかその場の雰囲気のせいとか、理由になるほどのことはなかったはずだ。第一、優秀なキャリアがあの程度のことでリスクを冒すとは思えない。

そう考えると、くるこないを含めて貴子の気持ちそのものが読めないのだ。

もっとも、まったく読めないというわけでもない。貴子が加賀見のことを信用して気を許したせいだとしたら、その可能性の有無はともかく、一応は〝なぜ〟の答えにはなる。

そうやって思いを巡らせていたそのときだった。

胸がときめいた。同時に秋の愁いを感じさせる空気の匂いが一瞬甘く感じられた。ホームの人込みのなかを柚木貴子がこちらに向かってきていた。

貴子は硬い表情をしていた。加賀見のそばまでくると、うつむいた。

「きてくれたんですね」

加賀見が声をかけると、うつむいたまま、ほとんどわからないほど小さくうなずいた。

仕事帰りだからだろう。先日と同じく、貴子はスーツ姿だった。ボトムスがタイトスカートで、すらりとした、きれいな脚が覗いている。それだけでスタイルのよさがわかる。そしてキャリアウーマンによく見かけるような、大振りな黒い鞄を肩からかけている。

加賀見は車で通勤していたが、いつも持っている鞄は病院に置いてきて、必要最小限のものをスーツのポケットに入れていた。両手を自由に使う必要があるためだった。

「新宿までいきましょう」

加賀見は貴子をうながして山手線外回りの乗客の列に並んだ。

東京駅から新宿までいくなら中央線快速電車のほうが早くて便利だが、加賀見にとっては貴子とできるだけながく車内にいることがのぞましかった。

すぐに電車がホームに入ってきた。ドアが開くと、降車客と入れ替わりに乗車客が流れ込む。流れに押されて加賀見と貴子も乗り込んだ。

目論見を実行するために前もってシミュレーションしていた加賀見は、うまい具合に絶好の場所に貴子を誘導することができた。

そこは座席の切れ目とドア口がつくるコーナーになっている場所で、加賀見が貴子の壁になってほかの乗客の視線を遮ることができて、かなり大胆な痴漢行為が可能なはずだ。

そう、加賀見は貴子に痴漢行為をしかけるつもりなのだ。といっても彼に痴漢の経験はなかった。

車内は身動きもままならないほどの満員状態だった。

貴子は電車の側面に向かって、ほとんど軀を密着させるような状態で立っている。その背後に貴子のほうを向いて立っている加賀見の軀も、彼女に密着していた。

加賀見はドキドキしていた。それぞれのスーツを通しても貴子のヒップの、むちっとした肉感が下腹部に感じられるのだ。

もっとも年齢的にも経験的にも、それですぐに分身が充血してくるほど、刺戟に対して素直ではない。

貴子もヒップに加賀見の下腹部を感じてか、軀を硬くしているようだ。

電車が東京駅を出てほどなく、加賀見は思いきって手をそっと貴子のヒップに這わせた。さすがに緊張して動悸が早まっていた。

瞬間、貴子が息を呑むような気配を見せ、キュッと尻の肉を引き締めた。が、そのままじっとしている。

強張っているまるみを、加賀見はゆっくり撫でた。

相手は見ず知らずではないといっても、三日前に初めて出会ってそのときセクシャルな話をしただけで、特別な関係があるわけではない。満員電車のなかでそんな女の尻に触るなど、痴漢行為以外のなにものでもない。

初めて経験する犯罪行為に、加賀見は息苦しくなるほどヒヤヒヤ、ドキドキしていた。

それでいて、貴子のヒップを撫でまわしているうちに、そのまるみがヒクつくのを感じて興奮していた。

しかもいまだかつてない種類の興奮だった。発覚を恐れて周囲の眼を気にしながらの行為——そのスリルのせいだった。

くわえて相手が貴子で、見た目も中身も理知的な彼女が見せる反応によって、よけいに興奮は強まり高まっていた。

貴子はうなだれて、尻をヒクつかせている以外はじっとしている。

拒絶しないということは、受け入れる意思の現れだと解釈していい。それよりむしろ痴漢行為を歓迎しているのではないか。そうだとしたら遠慮はいらない……。

そう思って加賀見は大胆になった。ヒップに当てている手をタイトスカートの裾にゆっくり下ろすと、膝裏から慎重に撫で上げていった。

さすがに貴子はうろたえたらしい。そんなようすでヒップをうごめかせ、脚をもじつかせる。

だが振り向いて加賀見を睨むでもその手を払うでもない。されるがままになっている。

加賀見は勢いを得て、さらに手を上に這わせようとした。が、あわてて止めた。電車が最初の停車駅の有楽町駅に着いたのだ。

乗降口のドアが開いた。下りる客はほとんどなく、さらに客が乗り込んできて、車内はますます混雑してきた。

このとき加賀見はわかった。電車が駅に停まったとき、乗降客に痴漢行為が発覚するのを恐れたのだが、その心配はなさそうだった。加賀見と貴子がいる場所と状態で、乗降客からうまく隠せるのだ。

電車が駅を出ると、加賀見はあらためて貴子のスカートのなかに手を差し入れた。

貴子は拒まない。加賀見は、パンストに包まれた、滑らかな太腿を撫で上げていった。

——と、ドキッとした。指先に思いがけない感触があった。瞬時に思った。

(ガーターベルト!)

指先がストッキングの切れ目と一緒に肌に触れていた。

パンストだとばかり思っていた、というよりそういう固定観念しかなかった加賀見にとって衝撃的な驚きだった。

しかもこれは、ここまで加賀見のなかにあった疑念や懸念の類を一掃することでもあった。というのも、貴子がパンストではなくガーターベルトをつけているということは、とりもなおさず加賀見が痴漢行為をしかけてくるのを予想してのことであり、彼女自身それを期待して痴漢行為がしやすい下着をつけていることを意味しているからだ。

もはや遠慮はいらなかった。一気に胸がときめいてきて、加賀見は貴子の前に手をまわし、興奮してゾクゾクワクワクしながら股間に這わせていった。

シルクのようなショーツの手触り……ショーツ越しに秘めやかなふくらみの感触……そのふくらみを分けている割れ目にあたりをつけて指先でなぞる……。

貴子が微妙に腰をもじつかせる。加賀見は横から貴子の顔を覗き見た。だがうつむいて顔に髪がかかっているため、表情はわからない。ただ、必死に平静を装っているようすは感じられる。

ショーツ越しに割れ目のあたりを指先でなぞりつづけていた加賀見はそのとき、

ん？　と思った。わずかに湿り気のようなものを感じたからだ。

それだけではない。ショーツ越しの秘めやかな部分の感触にも、どこか潤みのようなものが感じられる。

加賀見はゾクゾクしながら、ショーツのクロッチの脇から指を差し入れた。

ヌメッとした粘膜の感触があった。

想ったとおり、そこはもう女蜜にまみれていた。

指を遣うのを、加賀見は躊躇した。貴子がどんな反応を見せるかわからないし、それによってはちかくの乗客に痴漢行為が発覚する恐れがある。

そこで、割れ目から指を移動して秘苑を探索した。

ヘアをまさぐった。かなり濃い。しっとりとした感触の毛が密に生えている感じだ。それに俗にいう〝土手高〟で、恥丘がもっこりと盛り上がっている。

陰毛は、そこは密ではないが肉びらの両側にも生えている。肉びらは、わずかに皺のような感触があるが、全体には張りのある唇を感じさせる。

加賀見の脳裏に、指先を通して貴子の秘苑の形状が生々しく浮かびあがってきた。

それは知的な容貌に似ず、淫猥なものだ。容貌とは対照的なそのことが加賀見

の欲情を強く刺戟して、ズボンのなかの強張りをうずかせヒクつかせた。すると
それを感じてか、貴子が腰をくねらせた。
加賀見はふたたび指をクレバスに這わせた。心なしか、さきほどよりも濡れて
きている。
ん?!――加賀見はまたしても驚いた。貴子が腰を微妙にうごめかせているのだ。
それもクレバスに触れているだけの加賀見の指をもどかしがって、なんとかして
ほしいと催促しているかのように。
加賀見は指で割れ目を慎重にこすった。ヌルヌルしている。指の動きに合わせ
て貴子が腰を律動させる。といっても傍目にはほとんどわからない小さな動きだ。
加賀見は電車が駅に停車すると指の動きを止め、発車するとまた指を遣った。
それを繰り返しているうち、クリトリスがコリッとした膨らみになり、膣口が迫
り出した感じになってきた。
貴子はもう加賀見の行為に夢中になっているようすだ。といっても周囲の乗客
に発覚するのを恐れてだろう、必死に声を殺している感じで肩で息をし、腰の動
きも極力抑えているのがわかる。
そんな貴子の反応に加賀見はさらに興奮を煽られ、思いきって指を密壺にそろ

りと挿した。

ヌルッと指が滑り込んだ瞬間、貴子が息を呑むような気配と一緒に軀をすくめたのがわかった。

中程まで収まっている加賀見の中指を、ジワッと膣が締めつけてきた。指と一緒にペニスにもそれを感じて、加賀見は快感のふるえに襲われた。

そのとき、電車が渋谷駅のホームに入った。

渋谷駅はターミナル駅なのでほかよりも乗降客が多い。加賀見は蜜壺に指を挿したまま、動かさないでいた。

すると、蜜壺がまるで喘ぐように収縮して指を締めつけてきて、そしてゆっくり弛緩する。エロティックな生々しいうごめきに加賀見が気を奪われているうちにドアが閉まり、電車が渋谷駅を出た。

指をどうしようか、加賀見は迷った。動かしたときの貴子の反応しだいで、ほかの乗客に気づかれるかもしれない。

それを恐れて動かさないでいると、貴子のほうが微妙に腰を振りはじめた。ただ、傍目にはわからないほどの小さな動きで、それも蜜壺の指にかろうじて感じられる程度だ。

その動きと指に受ける感触に、加賀見は欲情を煽られて強張りがうずいた。性感、快感ともに高まっている貴子の、周囲の眼を恐れて必死にそれをこらえながらもそうせずにはいられなくなっている熱い思いが伝わってくる。とりわけ膣を加賀見の指にこすりつけている感じにそれが現れている。

これで指を遣ったら、どういうことになるかわからない。貴子はこらえを失ってしまうかもしれない。

そう思って貴子のするがままにまかせて、加賀見は彼女の手をつかむと股間に導いた。

貴子は拒まなかった。加賀見のズボン越しに強張りに触れると、それを手で撫でまわす。勃起しているペニスを感じてさらに興奮したか、手で強張りを握ると同時に蜜壺がクッと加賀見の指を締めつけてきた。

肩で息をしている貴子の肩越しに、加賀見は電車の外を見やった。もうすぐ新宿駅だった。

## 3

新宿駅を出て貴子をタクシーに乗せると、加賀見は運転手にホテルの名前を告げた。

無駄を覚悟でそのホテルに前もってチェックインしていた。ホテルまでは初乗り運賃の距離だった。

タクシーに乗っても加賀見は貴子にあえて話しかけなかった。言葉よりも無言のほうが効果的な場合があるからで、とくにいまのように興奮状態を維持したいときはそうだった。

貴子も押し黙っていた。興奮醒めやらないような強張った表情でじっとうつむいている。

ホテルに入ると加賀見はようやく貴子に向かって口をきいた。ロビーのソファで待っているようういおいて、受付カウンターにいった。ルームキーを受け取ってもどってくると、貴子をうながしてエレベーターホールに向かった。貴子は黙ってついてきた。

ふたりはエレベーターに乗った。乗ったのはふたりだけだった。

加賀見は三十四階のボタンを押した。ドアが閉まって、ふたりを乗せた箱が上昇していく。

インジケーターを見上げていた加賀見は、横に並んでいる貴子を見やった。それを感じてか、貴子も加賀見を見た。眼が合うなりふたりは抱き合った。その前に貴子の手から鞄が床に落ちた。

ふたりはすぐに唇を合わせた。電車の中から抑えていた興奮と欲情が一気に弾けて、情熱的に、貪るように舌をからめ合った。

キスしながら加賀見はインジケーターを見ていた。緊張していた。下降中とちがって上昇中のエレベーターに乗ってくる者はいないだろうと思っても、絶対にいないとはかぎらない。まちがって止める者がいて、ドアが開くかもしれない。

貴子もそう思ってか、加賀見と同じように舌を貪りながらインジケーターを見上げている。緊張感によっても興奮を煽られているのか、知的な顔立ちは強張っているが明らかに昂っている感じだ。

加賀見はスカートの中に手を差し入れた。貴子が顔を振って唇を離した。

「だめ……」

切迫したような小声でそういっただけで、されるままになっている。ショーツの脇から手を入れると、いきなり女芯に指を挿入した。

加賀見は煽情的な下着をつけている貴子の下腹部をまさぐった。

「ウンッ――！」

貴子が苦悶の表情を浮かべてのけぞった。

電車の中ではできなかった指の抽送を、加賀見は仕掛けた。

女蜜をたたえた粘膜で、指がくすぐられる。

貴子はエレベーターの壁にもたれた格好でうつむき、加賀見から顔をそむけている。それでも向き合った状態なので、加賀見はそのようすを窺うことができる。

加賀見の指で快感をかきたてられているからだろう。貴子は艶かしい表情を浮かべて声もなく、というより声を殺して唇を喘がせながら、怯えたような視線をさまよわせている。

加賀見は電車の中での膣のエロティックな動きを思い出して、指の抽送を止めてみた。すると案の定、膣がキュッと指を締めつけてきた。さらに、そこだけべつのイキモノのようにうごめいて指を咥え込む……。

「すごいね。貴子さんのここ、大変な名器だね。指を締めつけるだけでなく、うごめいて咥え込んでるよ」

「ああ、だめ……」

うわずった声でたまらなさそうにいうと、貴子が加賀見にしがみついてきた。

そのまま、小刻みに腰を律動させる。

その腰の動きで指を抽送しているのと同じことになって、ますますたまらなくなったらしい。貴子は無我夢中のようになってクイクイ腰を振り、昂った喘ぎ声を洩らす。

電車の中でこんなことになっていたら大変だった。そう思ってホッとした加賀見だが、自身も欲情を抑えられないほど興奮していた。

そのときエレベーターが停まった。加賀見はすぐに手を引き揚げた。床に落ちている貴子の鞄を拾い上げると彼女の肩を抱き、ドアが開いたエレベーターを降りた。

部屋に入ってドアを閉めたとたん、ほとんど同時にふたりはまた抱き合った。極度の緊張と興奮をぶつけ合うように強く、抱きしめ合った。

加賀見がキスにいくと、貴子もそれを待っていたように受け止め、すぐにたがいに貪り合うような濃厚なキスになった。

舌をからめながら、貴子がせつなげな鼻声を洩らして身をくねらせる。それも突き当たっている加賀見の強張りに下腹部をこすりつけてくるような腰つきで。

加賀見は貴子のシャツ越しにバストを揉んだ。揉み応えのあるボリュームをたたえているその感触に、強張りがさらに充血してヒクつく。

「ああ……」

貴子が唇を離して喘ぎ、手を加賀見の下腹部に伸ばしてきた。

その手がズボン越しに強張りをまさぐって、たまらなさそうに撫でまわす。

痴漢行為を仕掛けたのは加賀見だが、実際には貴子がそう仕向けたのだ。しかもそのためと思われるガーターベルトをつけていたこと、それになにより加賀見の痴漢行為に貴子自身、明らかに刺戟を楽しんで興奮し、感じて驚くほど濡れていたことなどを考えれば、彼女が知的なだけの女ではないのはすでにわかっていた加賀見だが、そのあまりのギャップのせいで、ここにいたってもこの状況がまだ信じられないような気持ちになっていた。

「ああ、もうだめ……もう我慢できない……」

貴子が息も絶え絶えにいう。手で強張りを撫でまわしながら、さきほどから振りつづけている腰の小刻みな動きが切迫した感じになってきている。

そのぶん、加賀見の指は蜜壺との摩擦をより生々しく感じていた。

「我慢できないって、どうしたいの？」

加賀見は訊いた。

「いやッ」

貴子が加賀見を睨んでいった。ドキッとするほど凄艶な眼つきに一瞬、加賀見が気押されていると、貴子は膝を折り腰を落としていく。

彼女がなにをしようとしているのか、訊くまでもなかった。

それでも思いがけない行為に加賀見が啞然としていると、盛り上がっている彼のズボンの前を、興奮と欲情が一緒になったような表情で凝視したままベルトを緩め、ジッパーを下ろし、ズボンを下げていく。

濃紺のボクサーパンツの盛り上がりを前にすると、貴子はためらうような表情を見せた。だがそれも一瞬で、すぐにそこに口をつけてきた。

眼をつむると、興奮に酔ってうっとりとしたような表情でパンツ越しに膨らみに舌を這わせる。

強張りをくすぐられてゾクゾクする快感に襲われながら加賀見が見下ろしていると、貴子はますます興奮が高まってきたようすでせつなげな鼻声を洩らし、舌を膨らみにじゃれつかせるようにして舐めまわす。

それに煽られて加賀見はいつになく力強く勃起してきた。このところ〝勃ち〟の衰えを実感させられて、四十代半ばなんだから仕方ないかと自ら慰めていたのだが、久々に自信をおぼえる〝漲り〟に見舞われた。

なぜこうなったのか、加賀見自身、理由はわかっていた。痴女のような行為をしているのが、優秀なキャリア官僚という顔を持っているうえに女としてもすこぶる魅力的な貴子だからだった。

さらにいえば、ここに至るまでの経緯すべてが、これまでそれなりに女との経験をしてきた加賀見にしても想像や予想の域を超えていて、それが新鮮な刺戟や驚きや興奮につながっていたということもあった。

貴子が両手をパンツにかけて下ろしていく。勃起のためにパンツを前に引っ張るようにして下げると、ブルンと生々しく弾んで怒張が露出して、同時に「アアッ」と貴子が昂った声を洩らした。

目の前の怒張を凝視している貴子の表情は、興奮で強張っている。加賀見はペニスをヒクつかせてみせた。

「アアッ」と貴子がまた喘ぎ、両手を怒張に添えた。唇を亀頭に近寄せてきて、眼をつむると舌を出し、ねっとりとからめてくる。

貴子にどの程度セックスの経験があるのか、そういう話はまだまったくしていないので当然、加賀見にはわからない。

貴子は、女友達が痴漢にあって、それがトラウマになってセックスがうまくいかないという話を加賀見に打ち明け、どうしたらいいかアドバイスを求めた。

だが加賀見は、その女友達の話はじつは貴子自身のことではないかと疑い、いまはもうそう確信していた。

確信どおりだとすれば、貴子はそれなりにセックスの経験をしているとみていい。独身とはいえ三十六歳という年齢を考えれば、そうだとしてもおかしくはない。ただ、痴漢された体験がトラウマになっているとしたら、彼女のなかに屈折した性欲が潜んでいる可能性がある。

それに貴子自身とおぼしきその女友達は、二年ちかくセックスレスだといっていた。——だとしたら、欲求不満を抱えているとみていい。

そんなことを考えながら、貴子のフェラチオを見下ろしていた加賀見は、快感をこらえるのがきびしくなってきた。

怒張を舐めまわしては咥えてしごくという行為を繰り返している貴子のそれが

熱をおびてきて、貴子自身ますます興奮が強まってきたようすでときおりたまらなさそうな鼻声を洩らしている。

しかもふたりともまだスーツ姿のままで、突っ立っている加賀見の前に貴子がひざまずいてフェラチオしているのだ。

この状態も猥り（みだ）がわしくて刺戟的で、加賀見は興奮と快感を煽られていた。

「うふ～ん……」

甘ったるい鼻声を洩らして貴子が亀頭を舌でくすぐりたてる。

快感のうずきが押し寄せてきて、ビクン、ビクンと怒張が跳ねる。加賀見はあわてぎみに腰を引いた。

目の前の怒張を、貴子は昂った顔つきで凝視している。

そんな彼女を加賀見は抱いて立たせると、笑いかけていった。

「貴子さんがこんなにいやらしいフェラチオをするとは、想ってもみませんでしたよ。年甲斐もなく、危うく暴発するところでした」

「いやッ」

恥ずかしそうにいうなり貴子がしがみついてきた。その耳元で、加賀見は囁いた。

「キャリアらしいスーツを着たまま、ていうのもよかった。タブーを侵しているみたいなところがあって、よけいに興奮しましたよ」

「そんな、いわないでください」

貴子が身をくねらせて懇願する口調でいう。

加賀見はあえてていねいな言葉遣いを心がけていた。こういう状況になったからといってすぐに馴れ馴れしい口をきくよりはそうすることで貴子を戸惑わせたり恥ずかしがらせたりするほうが、知的な彼女にとってはより刺戟的だろうと考えてのことだった。

加賀見は両手で貴子の顔を挟むと唇を重ねた。舌を差し入れ貴子の舌にからめていくと、すぐに彼女もからめ返してきた。興奮をぶつけてくるような感じで、加賀見よりもに熱っぽく——。

舌を貪り合いながら、加賀見は怒張を貴子の下腹部にぐいぐい押しつけた。貴子が艶かしい鼻声を洩らして腰をくねらせる。

加賀見は唇を離した。

「貴子さんのセクシーな下着姿を見たいな。脱いで見せてください」

そういって加賀見が一歩離れると、貴子は躊躇するようすを見せた。だが加賀見がスーツの上着を脱ぎ、ネクタイを外すのを見ると、うつむいて彼女も脱ぎはじめた。

加賀見は貴子が脱ぐのを見ながら、さきにボクサーパンツだけになった。怒張はズボンを脱ぐときパンツのなかに収めていた。

徐々に現れる貴子の下着姿に、加賀見はゾクゾクした。ガーターベルトをつけているのはわかっていたが、やがて下着だけになった貴子を見て、思わず眼を奪われた。

貴子がつけている下着は、すべて黒だった。三点セットらしいブラとショーツとガーターベルト。それにセパレーツのストッキング。ブラとショーツはほんどがレースで、ハイレグのショーツがかろうじて秘苑をおおっている。

加賀見が眼を奪われたのは、そんな煽情的な下着をつけているのが、息を呑むほど官能的な裸身だったからだ。

その裸身は、色白の艶かしい肌をしていて、つくべきところにはほどよく肉がつき、それでいて均整が取れている。まさに三十六歳という年齢ならでは美麗な熟れをたたえていて、豊潤な色香が迫りくる感じだ。

「うーん、たまらないね。キャリアの制服というべきお堅いスーツの下からこんな刺戟的というか挑発的というか、セクシーな下着をつけた、しかもこんなに色っぽく熟れた軀が現れると、興奮するなというほうが無理だ……」

加賀見は貴子を舐めるように見ながらいうと、胸の前で両腕を交叉して恥ずかしそうにうつむいている彼女に、

「腕を下ろしてバストを見せてください」

と、指示した。

貴子は一瞬ためらいを見せたが、おずおず両腕を下ろした。

貴子が服を脱いでいるとき加賀見の眼に入っていた、ブラをつけた胸が現れた。重たげに張った感じのバストがブラカップを押し上げている。

スーツを着ている貴子を見ているときからグラマーな軀をしているだろうと、加賀見は想っていた。それでも着痩せして見えていたらしく、こうして下着姿になると予想を超えていた。

バストばかりでなく、腰のひろがりも悩殺的な線を描いている。そのためウエストのくびれが際立って、外人女性のグラマーでセクシーな軀を想わせる。

そんな軀と貴子の知的な容貌が、どうもマッチしない。それぞれがそれぞれを裏切っているように、加賀見には見えた。

そのとき加賀見はふと思った。このギャップこそが、彼女の性の秘密のようなものを表しているのかもしれない。

その思いに刺戟を受けて、加賀見は初めて命令口調でいった。

「ブラを取って」

貴子は当惑したようだった。が、すぐに意を決したような表情を見せると、黙って両手を背中にまわした。ホックを外すと、両手で巧みにバストを隠しながらブラを取った。

さらに加賀見は命じた。

「両手を下ろして」

うつむいている貴子がうろたえたようなようすを見せた。ためらってもいるようだ。顔をそむけると、それでもゆっくり胸から両手を離していく。

乳房があらわになった。たわわに実った大振りな果実を想わせる膨らみは、形状もきれいで張りがある。

思わずしゃぶりつきたくなる衝動と股間のうずきをおぼえながら、加賀見はいった。

「後ろを向いて」

貴子はいわれたとおりにした。

ハイレグカットのショーツを見たとき、もしやと想った加賀見の予感は当たっていた。ショーツはTバックだった。

後ろはT字状の黒い紐とガーターベルトのストラップがあるだけで、むっちりとした白い尻のまるみがむきだしになっている。

黒い下着と白い肌のコントラストで両方がより艶めいて、そのぶん尻のまるみがよけいに官能的に見え、いやでも加賀見の欲情をそそる。

それにここでもキャリア官僚とTバックショーツとのギャップに興奮させられながら、加賀見は後ろから貴子を抱き寄せた。ハッとしたような感じで貴子は軀を硬くした。

貴子の甘い匂いのするセミロングの髪を、加賀見は顔で押しやって口を耳元に近づけた。

貴子は首をすくめ、「アアッ」とふるえ声を洩らした。

「ふだんでもガーターベルトをつけたりTバックを穿いたりしてるの？　役所に出てるときでも」

「……ときどき……」

ヒップに加賀見が強張りを押しつけているからだろう。貴子は腰をくねらせながら、うわずった声で答える。

「驚いたな。才色兼備のキャリア官僚が、スカートの下にガーターベルトにTバックショーツをつけて仕事をしてるなんて、想像しただけで勃起する話だ」

いうなり加賀見は怒張をヒップに強く押しつけると同時に両手で豊満な乳房をいくらか乱暴にわしづかんだ。

「アウッ……アアッ……」

貴子は呻いてのけぞり、ついで昂った感じの喘ぎ声と一緒にまるで達したように軀をわななかせた。

そのまま加賀見は貴子をベッドにあげていった。

4

加賀見は貴子をベッドに仰向けに寝かせると、その横に座って彼女の裸身に視線を這わせた。

「とてもきれいに熟れて、すごく官能的な軀だ……」

「恥ずかしい……そんなに見ないで……」

貴子はうわずった声でいった。両腕を胸の上で交叉させて乳房を、そして片方の脚をわずかに内側に曲げて下腹部を隠して、加賀見から顔と視線をそむけている。その落ち着きのない眼の動きに恥ずかしさと緊張が現れているが、顔には興奮の色が浮いたままだ。

加賀見は貴子の両手の手首をつかむと頭上に持っていき、手首を交叉させて押さえ込んだ。

「あ、だめ……」

うろたえたようにいった貴子だが、抗うことはなくされるがままになっている。ただ、さらに強く顔をそむけて、戸惑った表情で胸を大きく上下させている。

加賀見はその顔を覗き込み、またていねいな言葉遣いでいった。

「さきにまず、訊いておきたいことがあるんです」

唐突に妙なことをいわれたからだろう。貴子は怪訝な表情を見せた。

「友達が痴漢にあって云々という話、あれは友達じゃなくて、本当は貴子さん自身のことじゃないんですか」

貴子の顔にパッと狼狽の色が浮いた。

「え?! どうしてですか」

訊き返す口調にも視線の動きにも、はっきり動揺が現れている。

「疑問に思ったのは、ぼくがデートの待ち合わせ場所にしてはふつうじゃない東京駅のホームを指定しても、貴子さんはその訳も訊かないで応じたこと。それよりなにより、貴子さんがわざわざぼくが痴漢しやすい下着をつけてきて、痴漢行為を許したこと。それで疑問が確信に変わったんだけど、どうやらそうだったようですね」

顔をそむけたまま、貴子は観念したように眼をつむると小さくうなずいた。

「わたしのこと、異常だと思われたでしょ?」

自嘲するような口調で訊き返す。

「そうは思わないですよ。確かにトラウマの内容はノーマルとはいえないけれど、貴子さんの場合、欲望や願望を自制してきた。もっともぼくに対してはそうじゃなかったようだけど、それはどうしてです?」

「先生なら、わかっていただけるんじゃないかと思ったんです」

そういうと貴子は裸身をくねらせ、うねらせる。加賀見がなにもしないのをもどかしがり焦れったがっているような表情と軀の動きを見せて。

加賀見にはまだ訊きたいことがあった。職業的な興味がわいていたからだが、これ以上ない官能的に熟れた女体のそんなようすを目の当たりにすると、欲情のほうが興味に取ってかわった。

貴子の両手を頭の上で押さえ込んだまま加賀見は、すでにしこって勃っている感じの乳首に口をつけた。

「アッ！」

驚いたような声と一緒にヒクッと貴子の胸が反った。

加賀見は乳首を舌でねっとりと舐めまわした。

貴子がせつなげな声を洩らす。

これまで貴子の話を聞いたかぎり、三十六歳の熟れた軀が性的に満たされていないだろうことは想像できた。さらに加賀見がしかけた痴漢行為に対しての感じ方やここにいたるまでのそれを見れば、欲求不満をかかえているとみてまちがいなさそうだった。

事実、いまもそれを裏付けるような反応を見せている。加賀見が両手で乳房を揉みながら、左右の乳首を交互にくすぐるように舐めまわしたり吸いたてたりしていると、貴子は感泣を洩らしている。

「あぁァ、いいッ……ああン、だめッ、だめになっちゃう……」

泣き声でたまらなさそうにいいながら、いまにもイキそうなようすを見せはじめた。

そのとき、突然貴子が口にした言葉に加賀見は耳を疑った。だが聞きまちがいではなかった。

「ああ嚙んでッ！」――貴子はそういったのだ。

加賀見は驚きながらも乳首を軽く嚙んだ。

「もっと！」

求められるまま、じわっと歯をたてた。

「いいッ、もっと！」

貴子が絞り出すような声で求める。

加賀見はさらに強めに嚙んだ。

「アアッ……だめッ」

貴子がふるえ声を放ってのけぞった。

「イクイクッ――！」

感じ入った声で絶頂を告げて軀をわななかせる。

加賀見は顔を起こして貴子を見た。貴子はこれまでにないほど昂った凄艶な表情を浮かべて息を弾ませている。

「いつも乳首を嚙まれるとイクんですか」

加賀見が訊くと、戸惑ったようすを見せて小さくかぶりを振り、

「はじめて……」

うわずった声でいう。

「はじめてって、乳首を嚙まれてイッたのが?」

貴子はまたかぶりを振り、

「嚙まれたのも、イッたのも……」

息を弾ませながらいう。

「でも貴子さんが『嚙んで』って求めたんですよ」

「ええ……でもわたし、自分でもわからないうちに口にしてたんです。こんなこと、はじめて……」

戸惑いにくわえて貴子自身驚いているようすだ。

「そう。でもそれは貴子さんの軀がもともと持っていた欲求で、欲求不満が引き金になって現れたんじゃないかな。貴子さん、いってましたよね。痴漢されたこ

とがトラウマになって、彼氏とのセックスがうまくいかなくなった。それで二年くらい前に別れて、それ以来セックスレスだと」

加賀見はツンと尖り勃っている乳首を指先でくすぐりながら訊いた。

貴子が悩ましい表情を浮かべてのけぞり、喘いでうなずく。両脚をすり合わせるようにして身をくねらせる。

加賀見が手で揉んでいる乳房に生まれる快感が下半身、とりわけ秘苑や内腿をうずかせているようだ。

「それは相当のストレスだったでしょうね。こんなに色っぽく熟れた軀で二年ちかくもセックスレスなんて」

加賀見はそういいながら、片方の手で悩ましくひろがっている腰からほどよく肉がついて色っぽい太腿をなぞる。

「ああ、ううん……」

貴子がたまらなさそうにいって腰をくねらせ、うねらせる。加賀見の行為をもどかしがって我慢できなくなり、さらなる行為を求めて催促するような腰の動きだ。

黒いセクシーなスタイルの下着をつけている下半身のその動きがすこぶる煽情

的で、加賀見の欲情をかきたてた。

「こんな痴漢みたいな触り方はいや？」

加賀見は手をすべすべした内腿から股間に向けて這わせながら訊いた。

貴子は悩ましげな表情でかぶりを振り、

「そういうんじゃなくて、ああん……」

焦れったそうに腰をもじつかせる。

加賀見には貴子の気持ちが手に取るようにわかっていた。欲求不満のマグマが流れ出して熱くうずいてたまらなくなっている女芯を、焦らさないで早くなんとかしてほしいと懇願しているのだ。それがわかっていて加賀見はいった。

「じゃあこうしましょう。貴子さんはいま、満員電車の中で痴漢にあってて、身動きすることも声をあげることもできない。で、痴漢にされるがままになってている。その状態を想像しててください」

貴子は戸惑いの表情を浮かべた。

「いいですね？」

加賀見が有無をいわせない口調で同意を求めると、さきほどと同じように顔をそむけて眼をつむり、小さくうなずいた。戸惑いよりも胸のときめきのほうが勝ってきたのか、その表情は興奮の色が強まっている感じだ。

加賀見は貴子の足元に移動した。彼女の脚に手をかけると、一歩分ほど押し開いた。

瞬間、貴子は狼狽したような気配を見せたが黙ってされるがままになった。顔をそむけて眼をつむり、両手で胸を隠している。

加賀見は貴子の股間に見入った。電車の中で痴漢しているときに頭に浮かんだのとほぼ同じ状態が、そこにあった。

黒いTバックショーツの前面の逆三角形の布がこんもりと盛り上がって、布の下方が割れ目に食い込んでいる。その両脇のぷっくり迫り出している肉にまばらに縮れ毛が生えている。そして、ショーツと黒いガーターベルトとストッキングの間に見えている白い腰や太腿……。

その刺戟的な眺めが、加賀見の強張りをうずかせる。

内腿の付け根に、加賀見は手を這わせた。ヒクッと貴子の腰が跳ねた。

加賀見は指先で鼠蹊部をなぞった。貴子が腰をもじつかせる。狼狽しているようすだ。

貴子の反応をうかがいながら、加賀見はショーツの脇から手を故意にそろそろ差し入れた。貴子に痴漢行為を想起させるべくそうしたのだが、それが奏功したか、彼女の表情にときめきの色が浮かんでいるのが見て取れた。

加賀見のほうはゾクゾクしていた。

陰毛が手に触れた。ふっさりとした感触と一緒に貴子の体温のような温もりが感じられた。もちろん錯覚だが、余裕がなかった電車の中では感じられないことだった。

指先で陰毛を撫で、割れ目をまさぐった。濡れた粘膜の感触——しかもひどく濡れて、ビチョッとしている。

電車の中で触ったときは、割れ目の上方からだったが、いまは横から上方に向けてヌルヌルしているそこを指でなぞった。

貴子が悩ましい表情を浮かべて腰をヒクつかせた。同時に声が出そうになったのか、両手で口を押さえた。

加賀見の指先に、膨れあがった肉芽の感触があった。

それを、ゆっくりこねた。

貴子が微妙に腰をもじつかせる。加賀見にいわれたとおり、電車の中で痴漢されているシチュエーションを忠実に守ろうとしているらしく、懸命に動きを抑えて必死に声を殺しているようすだ。

もっとも、電車の中では両手で口をふさいでいるなんてことはできないが。

そんな反応が加賀見の興奮と〝嬲（なぶ）り心〟を煽った。クリトリスだけでなく、ときおり膣口もこねたりしていると、さすがに貴子も我慢できなくなったらしい。息を乱してさもたまらなさそうに腰をうねらせる。

「もうだめッ、もう無理ッ……」

怯えたような表情を浮かべてかぶりを振り、息せききって訴える。

加賀見はやや強めに肉芽をこねた。

とたんに貴子が苦悶の表情を浮かべてのけぞった。

「だめッ——イクッ、イッちゃう！」

感じ入ったような声でいうと、軀を反らせたまま腰を律動させる。

さらに加賀見は指を女芯に挿し入れた。ヌルーッと指が滑り込む。

「アアッ……イクイクッ、イクーッ」

貴子が昂った声で絶頂を訴えながら腰を振りたてる。

腰の動きが止まるのを待って、加賀見はいった。

「これが電車の中だったら、大騒ぎになっていたでしょうね」

放心したような表情で息を弾ませている貴子が、ふと我に返ったようなようすを見せると、

「いや」

うわずった声でいって顔をそむけた。

その顔に加賀見は思わず見とれた。凄艶の極みという表情をしている。

さらに加賀見は「おッ」と驚きの声を発した。貴子の蜜壺に収まったままの指を、そこがエロティックにうごめいて、ジワッと締めつけてきたのだ。

「おおすごい。電車の中でもそうだったけど、締めつけてきてますよ。実際に痴漢されたとき、指はどうだったんですか、入れられたんですか」

両腕で胸を隠している貴子がかぶりを振った。

「でしょうね。こんな名器だとわかったら、痴漢男はストーカーにもなっていたかもしれない」

そういうと加賀見は蜜壺から指を抜いた。貴子が小さく喘いで身をくねらせた。

加賀見はショーツに両手をかけて下ろしながらいった。

「それにしても貴子さんは感じやすい軀をしてますね。そのうえ名器ときてる。しかも容姿端麗な才女で、女性としてパーフェクトな魅力をそなえている。付き

合ってた彼は、貴子さんが別れるといったとき、すんなり応じてくれなかったんじゃないですか」

「……彼、女性もセックスも、そんなに好きじゃなかったんです」

貴子が片方の手で下腹部を押さえていう。

加賀見は貴子のすらりとした脚からショーツを抜き取りながら訊いた。

「そんなにって?」

「草食系っていうか、女性にもセックスにも淡白なんです」

「じゃあ貴子さんとしては、そもそも彼とのセックスに満足していなかったんじゃないですか」

「……というか、痴漢されるまでは、不満とかそれほど思わなかったんですけど、でも……」

貴子がいいにくそうに口ごもったのを受けて、加賀見はいった。

「ぼくが思うに貴子さん自身、自覚はなかったけれど不満はあった。そのために痴漢行為を許して感じてしまった。結果、皮肉にも痴漢によって彼とのセックスの不満に気づかされることになり、そればかりか痴漢されたときの快感がトラウマになってしまった。これはぼくの推測だけど、どうですか」

「……そうだと思います」

貴子はちょっと考えるようすを見せてからつぶやくようにいった。

「だとしたら貴子さん自身、自分の欲求を素直に認めて、抑えることはせず解放すること。その前に貴子さんが持っているセックスに関する常識や固定観念にとらわれないこと。いま貴子さんが抱えているトラウマを解消するには、この二つのことが重要になります。セックスはなんのためにすると思います？」

加賀見は貴子の顔を覗き込むようにして訊いた。

貴子は当惑したようすで顔をそむけると、

「快楽を得るためだと、思います」

いかにも才女らしい答えを気恥ずかしそうに口にする。

「そのとおり。もっとわかりやすくいえば、楽しむためです。そのためには軀だけじゃなく、精神すなわち気持ちも裸にならなければならない。貴子さんがそうなれたとき、トラウマから解放されるはずです」

いうなり加賀見は貴子の手を下腹部からはがした。

貴子は恥ずかしそうな喘ぎ声と一緒に片方の太腿をひねって下腹部を隠した。

両手は胸の上で交叉している。

加賀見は貴子の両脚に手をかけた。開こうとすると貴子が脚を絞めつけた。だが反射的にそうしただけか、それに加賀見の言葉も効いたか、すぐにふっと脚から力が抜けた。

5

加賀見の前に、初めて眼にする貴子の秘苑があからさまになっている。

これ以上ない恥ずかしい状態にされて、加賀見の視線を感じているからだろう。開いている脚が小刻みにふるえ、腰が微妙にうごめいている。

貴子が両手で顔をおおっているため、表情はわからない。だが羞恥と狼狽に襲われているだろう胸のうちが、その脚と腰の反応に現れている。

「恥ずかしいですか」

加賀見がいわずもがなのことを訊くと、貴子はうなずいた。

「ぼくのほうは、貴子さんのシークレットゾーンにはじめてお目にかかって感動してますよ」

「そんな……」

加賀見がわざと社交辞令のような言い方で本音をいうと、貴子は戸惑いと恥ずかしさが入り混じったような声を洩らして身をくねらせる。

「感動以上に興奮して欲情しています」

さらにそういいながら加賀見は両手で貴子の内腿を股間に向けてなぞっていく。

「どうしてかわかりますか」

うろたえたように腰をくねらせている貴子が、両手で顔をおおったままかぶりを振る。

「それは貴子さんのシークレットゾーンが、ぼくが想像していた以上にいやらしい形状をしていたからです」

「いやッ」

羞恥がカッと燃え上がったような声を貴子は洩らした。

想像していた以上にいやらしい形状をしていたという加賀見の言葉は、本当だった。

貴子のそこは、陰毛が黒々として濃く、肉びらがややくすんだ赤褐色で、ぼってりとしている。全体的にまさに熟しているという感じで猥りがわしく、それは貴子の知的な美貌からは想像しがたい。だがそのギャップによって一層いやらしく見えて、加賀見の欲情をそそるのだ。

「誤解しないでください。いやらしいというのは、貴子さんを辱めたり貶したりする意味ではなくて、まったく逆の、褒め言葉なんです。なぜなら男はいやらしいほうが興奮し欲情するからです」

そういうと加賀見は両手で肉びらを分けた。パックリと肉びらが開くと同時に貴子が息を呑むような声を洩らして腰をうねらせた。

肉びらのくすんだ赤褐色とは対照的な、薄いピンク色の粘膜があらわになり、女蜜をたたえて濡れ光っている。

そして、すでに加賀見の指で弄られているクリトリスは膨れあがって露出し、その下には柔襞が開いて針でついたような尿道口も口をすぼめたような膣口もあらわになっている。

さきほどと同じく、加賀見の視線を感じてだろう。膣口が呼吸をするように収縮と弛緩を繰り返している。加賀見は貴子の内腿に口をつけた。貴子が腰をヒクつかせた。

「だめッ」

あわてたようにいって両手で股間を押さえた。

加賀見は顔を起こして貴子を見た。貴子はうろたえたような表情を浮かべて顔をそむけている。

「どうして?」

加賀見が訊くと、

「シャワーだってまだだから、だめです」

恥ずかしそうにいう。

「そんなこと、気にしないで。ぼくは平気ですよ。貴子さんだってフェラチオしてくれたじゃないですか。そのお返しです」

加賀見は貴子の両手を股間から引き離して、また内腿に口をつけた。

「だめですッ、いけませんッ」

貴子が加賀見につかまれている両手を振りほどいてクンニリングスを拒もうとする。かまわず加賀見は唇と舌で内腿をなぞり、さらに陰毛の周辺や一方の内腿に口唇を這わせた。

貴子はしきりに「だめです」といって腰をくねらせる。加賀見は故意に性器を外してその周りを唇と舌で執拗になぞった。そうやって焦らすのが狙いだった。

するとそれが奏功したか、加賀見の手をふりほどこうとしている貴子の手から徐々に力が抜けてきた。

「ううん、だめ……」

貴子がそれまでになく艶めいた声でいった。もどかしそうな感じに腰をうごめかしている。

加賀見は貴子の手を離すと陰毛の下に口をつけた。

「アッ――!」

驚いたような声と一緒に貴子の腰が跳ねた。

加賀見は両手で肉びらを分け舌でクリトリスをまさぐった。コリッとした舌触りの肉芽をとらえると、こねた。

「アアッ、そんな……」

貴子がふるえ声をあげて加賀見の頭に手をかけた。押しやって拒もうとしたらしいがすぐに手を離すと、感じ入ったような喘ぎ声を洩らしはじめた。

加賀見が舌を躍らせながら上目使いに見やると、貴子は片方の手の甲を口に当て、一方の手で枕の端をつかんでいた。

この日加賀見は、貴子と逢ったらこういうことになるかもしれないと期待まじりに思って、大学病院を出る前にペニスを洗っておいたのだが、そんなことは役所勤めの貴子にはできないだろうし、ホテルにくることを予想したにしてもそのときはシャワーを浴びようと思っていたかもしれない。

そんな貴子のクレバスからは尿と汗が入り混じったような臭いと、わずかに酸味が感じられた。

もっともそれは最初のうちだけで、それももともと女蜜の臭いが薄いところに加賀見の唾液が混じったせいか、臭いも酸味もしだいに感じられなくなった。

それよりも貴子の洩らす声が加賀見の欲情を煽った。必死に快感をこらえているような、抑えた感泣に似たその声を耳にしていると、『ヨォシ、ムリヤリニデモイカセテヤルゾ』という征服欲が生まれきて、加賀見はビンビンになってきている肉芽を舌でこねまわしたり弾いたりして攻めたてた。

欲求不満を抱えている三十六歳の熟れた女体は、さすがにほどなくこらえがきかなくなった。

「アアだめッ、イクッ、イッちゃう!」

呻くように、ついで怯えたようにいうと大きくのけぞり、「イクイクーッ」とよがり泣きながら腰を振りたて、さらに軀をわななかせた。

加賀見はパンツを脱いだ。昂った表情のまま放心状態で息を弾ませている貴子を見ながら、彼女が我に返るのを待って彼自身が仰向けに寝ると、シックスナインの体勢を取るよう求めた。

貴子は羞じらいを見せながら、加賀見の上になって彼の顔をまたいだ。

真上にきた貴子の秘苑は、クンニリングスで肉びらが充血して腫れた感じになって、蜜にまみれている。

そのぼってりとした秘唇を、加賀見が両手で分けると、貴子が喘いで腰をくねらせ、怒張を手にして亀頭に舌をからめてきた。

シックスナインの体勢に興奮を煽られているらしい。ねっとりと怒張を舐めまわしながら、たまらなさそうなせつなげな鼻声を洩らす。

興奮が現れているのは、声だけではなかった。あからさまになっているクレバスにも現れている。女芯の入口の粘膜が、まるで軟体動物の軀の一部のように収縮を繰り返しているのだ。

加賀見はクレバスに指を這わせた。膨れて露呈している肉芽を指先で撫でまわす。

とたんに貴子が感じ入ったような喘ぎ声を洩らした。そして怒張を咥えると、せつなげな鼻声を洩らして熱っぽくしごく。

加賀見は指先を肉芽から膣口に移した。まるくこねる。

貴子がもどかしそうな鼻声を洩らして腰をくねらせる。怒張を咥えていられなくなったか、口から出して手でしごく。それも膣口をこねまわしている加賀見に対抗するようにしごきたてる。

「うう〜ん……ああん、だめ〜……」

身悶えながらたまらなさそうにいう貴子に煽られて、加賀見は指を女芯に挿し入れた。

瞬間、貴子が軀を硬直させ、クッと女芯の口が加賀見の指を締めつけてきた。ほとんど同時に昂った喘ぎ声と一緒に貴子の軀がわななないた。

どうやら達したらしい。すると、自分だけイッてはいけないとでも思ったか、すぐに貴子はまた怒張を咥えてしごきはじめた。しかも加賀見もイカせようとするかのように激しく——。

こんどは加賀見がそれに対抗して、女芯に指を挿したまま肉芽を舌で攻めたてた。

過敏になっている貴子はひとたまりもなかった。数秒もしないうちに怒張から口を離すと加賀見の脚にしがみつき、「イクッ、イクーッ」と息せききって訴えながらオルガスムスのふるえをわきたてた。

　加賀見は起き上がって貴子を抱き寄せた。興奮しきった表情で息を弾ませながら、全身が快感の塊と化しているかのように軀をヒクつかせている貴子を仰向けに寝かせると、脚を開いてその間に腰を入れた。

　いつになく力強く強張っているペニスを手にすると、亀頭で肉びらの間をかき上げた。

「アアッ」

　貴子が悩ましい表情を浮かべて喘ぎ、腰をうねらせる。

　加賀見はヌルヌルしているクレバスを亀頭で上下にこすった。

「ウウンッ、だめッ、アアもう……」

　貴子が焦れったそうにいって腰を揺する。

「もうなに？」

　濡れた音をたてながら、加賀見は訊いた。

「だめッ……きてッ」

　貴子が懇願する。

「きてって？」

「いやッ、入れてッ」

「なにをどこに入れてほしいのか、ぼくを興奮させる、いや貴子さんも興奮するはずの卑猥な言葉でいったら入れてあげるよ。ほら、気持ちも裸になっていってごらん」

加賀見は、その中が熱くうずいているだろう女芯の口を亀頭でこねまわしてけしかけた。

貴子は苦しげな表情を浮かべて顔をそむけると、眼をつむった。腰をたまらなさそうにうねらせながら、

「アアッ、先生のペニス、×××に入れてください」

卑猥な言葉を交えていった。それも明らかにそうとわかる昂った表情とふるえ声で。

加賀見は押し入った。ヌルーッと怒張が熱をおびた蜜壺に滑り込むと、貴子が歓喜の声をあげてのけぞり、軀をわななかせた。一突きで達したらしい。

ゆるやかに加賀見は腰を遣った。怒張が名器でくすぐられて心地いい。それに貴子の悩ましい表情も抑制の効いた声もいい。

加賀見は貴子を抱き起こした。貴子が加賀見にしがみついてきて、もうそれを

我慢できなくなったように腰をクイクイ振る。

そのなんともいやらしい腰つきがこのあとの情痴を暗示しているように、加賀見には思えた。

## 第二章　指姦の目撃者

1

——あれ、課長じゃないか！

新堂祥平は驚いた。帰宅ラッシュの電車に乗り込んでなにげなく車内を見回したとき、思いがけない人物が眼に止まったのだ。

上司の柚木貴子だった。

祥平はK省に勤めている。柚木貴子は祥平が所属する課の課長で、直属の上司だ。

——でもどうしたんだろう。課長は確か、山手線じゃなくて地下鉄で通勤してるはずだけど……。

怪訝に思いながらも祥平の胸は妙にときめいていた。というのも以前から貴子に秘かに恋心を抱いていたからだった。

もっとも身の程知らずも甚だしい恋心だった。なぜなら祥平が逆立ちしてもそれが叶う相手ではなかったからだ。

柚木貴子は三十六歳の独身で、いまのポストは課長だがキャリアとして将来を嘱望されていて、官僚トップの事務次官まで昇りつめるのではないかともいわれている。

しかもキャリアの例に洩れずT大卒で、学生時代にミスキャンパスに選ばれたという経歴もある美人だ。

それに対して祥平は、T大卒のキャリアまでは貴子と同じだが、入省三年目の二十五歳の独身で、まだヒラ官僚。父親が政権与党の衆議院議員なので、そのぶん立場的には恵まれているが、貴子は〝雲の上の人〟というのもオーバーではないほどの相手だ。

——もっと近くだったら、声をかけられたのに、これじゃあどうにもならない……。

祥平がそう思って残念がっていると、電車が東京駅を出た。

柚木貴子と祥平がそれぞれ立っている場所は、車両の中程の長いベンチシートの両端で、乗降口のそばだった。

貴子は彼女の斜め前方に当たる窓のほうを見ていた。

——課長、気づくかな。

そのときは笑いかけるつもりで貴子を見ていた祥平は、思わず『ん？』と胸の中でつぶやいた。貴子がどこかうろたえたような表情を見せてうつむいたのだ。

——どうしたんだろう?!

深くうつむいている貴子の横顔を見てそう思ったとき、彼女のすぐ後ろに立っている男が祥平の眼に入った。

男は貴子にぴったりと張りついている感じだ。それどころか、不自然に密着しているようにしか見えなかった。

満員すし詰め状態の車内だから乗客同士、軀が密着していてもおかしくはないが、祥平にはそうは思えなかった。

もっとも、その男に対して嫉妬しているせいもあったが……。

男は見たところ四十代で、目鼻立ちがはっきりしていて、ちょっと日本人離れした感じで、イタリア人によくいるようなタイプだ。そして鼻の下から顎に沿って髭をたくわえている。その短く整えられている髭と顔立ちがうまくマッチしていて、渋い紳士という印象で、大学教授や医師を想像させる。

その男を見ているうち、祥平は不審に感じた。男はなぜかジッと貴子を見ているのだ。しかも貴子のようすをうかがっているような感じで。

どこかうろたえたような表情を見せてうつむいたきり、いまもそうしている貴子と、その後ろから彼女のようすをうかがっているような男……。

――まさか！

不意に疑念が焦燥と一緒に浮かんできて、祥平はカッと頭の中が熱くなった。貴子が男に痴漢行為をしかけられているのではないかと思ったのだ。

だがそう思ったものの、信じられなかった。

そもそも貴子そのものが痴漢行為を許すようなタイプではなかった。仕事ができて、どんな場合でも毅然としている。

祥平は貴子のことをそう思っていた。

ところが貴子を見ているうちに不安になってきた。どうも貴子のようすがふつうではないのだ。ときおり眼をつむったり、唇を開いたりしている。しかもそのときは戸惑っているような表情を浮かべて。

——ウソだろ?!

祥平は思わず胸のなかでいった。

不安はショックに変わっていた。驚きや焦りが入り混じった衝撃に。貴子が眉間に皺を寄せた悩ましい表情を見せたのだ。

——マジかよ、課長が痴漢されてるなんて。それだけじゃない。どう見ても課長も拒もうとしたりいやがってる感じじゃない……。

祥平は激しく動揺していた。眼にしていることが現実とは思えなかった。

それはだが、認めがたいことであると同時に認めたくない気持ちが働いてのことであって、まぎれもない現実だった。

なにより、その証拠を貴子の反応が表していた。

周囲の乗客の眼を恐れてだろう。貴子はうつむいたまま、緊張したようすで落ち着きのない視線を左右に走らせている。

そして、ときおり喘ぎそうな表情や悩ましげな表情を見せてはすぐに何事もないかのような顔にもどる。それを繰り返している。

何事もないかのように平静を装っているらしいときの顔は、強張っている。それが凄艶に見えて、祥平をますます動揺させる。

喘ぎそうな表情や悩ましげな表情を見てもそうだった。貴子がどんな痴漢行為を受けているのか、それで彼女がどう感じているのか、祥平としてはいやでも想像させられて、男に対して怒りと嫉妬をかきたてられるからだ。

――もうまちがいない。課長は痴漢されて感じてる！　だけど、あの課長がどうして?!　三十六歳で独身で、彼氏がいるって噂も聞いたことはない。美人でちょっと近寄りがたい感じがあるから彼氏ができにくいのかも……で、欲求不満とかあってということなんだろうか。それだって課長からは考えられない……。

心が千々に乱れるなか、祥平はうろたえた。あろうことか、いつのまにか分身が強張ってきていたのだ。

なぜこんなことになってしまったのか、理由は明白だった。貴子が痴漢されていると思ってそれを見ているうち、されている行為を想像して興奮していたのだ。

――課長のことはいえない。欲求不満は俺のほうだ……。

祥平は自嘲した。二カ月ほど前に別れた恋人とのことが苦い思いと一緒に頭に浮かんできた。

彼女は祥平より一つ年下で、民放テレビ局のアナウンサーだった。破局の原因は、性格ならぬ性の不一致。それも祥平のいささか並外れた性欲の強さが破局を招いたといっていい。

ふたりの場合、デートするにも仕事柄うまく時間をやりくりしなければならず、頻繁に逢うわけにはいかなかった。そのため祥平のほうはなにより性欲のほうが先行してしまって、逢うなりすぐにセックスをしたがった。それを彼女がこんなセックスのためだけのような関係はいやだといって去っていったのだ。

性欲の強さについては祥平自身、認めていた。同世代の若者がセックス離れしているという情報に接すると、どうしてそんなことになるのか皆目わからなかった。

祥平が自身の性欲の強さを初めて自覚したのは、ある体験——それも初体験のときのことだ。

初体験は大学三年の夏で、二十歳になってからだからとくに早かったわけではない。相手はバイトで家庭教師をしていた女子中学生の母親で、祥平より十六も年上の三十六歳だった。

家庭教師のバイトは、そもそも祥平がすすんでしたことではなかった。祥平の父親と女子中学生の父親が親友で、その関係から頼まれて仕方なくすることになったのだ。

初めてのときは祥平のほうが人妻に誘惑されて関係を持ったのだが、セックスの主導権が人妻から祥平に移るまでにさほど時間はかからなかった。もっとも性欲の強さで祥平が人妻を圧倒したという意味での主導権で、それ以外のこと──女の軀やセックスについてのいろいろなこと──では、祥平が人妻から教えられ指導された。

そんなふたりのセックスの中で、祥平は人妻から何度となく「怖い」とか「もう死んじゃう」とかいわれたことがあった。祥平のペニスの持久力や回復力にたじたじとなってのことで、当時の祥平は一度射精してもそのまま二三回行為をつづけてそのたびに射精することができたし、人妻と旅行したときなど一晩に六回したこともあった。それは人妻が夫にウソをついての旅行だった。

もっとも人妻は祥平に圧倒されているだけではなかった。「怖い」だの「死んじゃう」だのといいながらもその実、歓んでいた。

そんな人妻との享楽的で濃厚なセックスが、祥平のセックスの原点だった。

貴子のようすを見ながら〝元カノ〟や人妻のことを思っていた祥平は、ふと気がついた。

——そういえば、課長も三十六歳だ……。

うつむいたままの貴子は必死に耐えているような、そのぶん興奮が高まっている感じの表情で、そうやって息や声を殺しているのか、しきりに唇を開いている。

そのとき、なぜかそんな貴子のようすと人妻がアクメに達したときの表情が脳裏で重なり、同時に強張りがヒクついて祥平はあわてた。

だがそんなことであわてている場合ではなかった。男が貴子の耳元でなにか囁くのが見えたのだ。

祥平は電車の外を見た。電車は渋谷駅に到着するところだった。

2

電車の中での痴漢プレイのあとホテルでの情事という、精神科医加賀見赳夫との常識を逸脱したデートの流れは、この日ですでに四回目だった。
加賀見と出会って約半月——この間、貴子は加賀見と週にほぼ二回の割合で逢って〝この流れ〟を繰り返してきた。

思えば、こんなことになったこと自体、まさに流れだった。貴子自身、最初からこんな展開になることを考えていたわけではなかった。そもそも加賀見と初めて出会った合コンの席を彼に誘われて抜け出さなかったら、なかったことだった。

それ以前に加賀見が精神科医でなかったら、かりに誘われても応じなかった。というのもそのときふと、貴子自身が抱えていたトラウマのこと——痴漢被害にあってそれが精神的にも肉体的にも、さらにはセックスにも影を落として悩まされていること——を打ち明けてみたいという気持ちが、ほとんど衝動的に起きたからだった。

とはいえ恥ずかしいことだけにどうやって打ち明けようか、それともやめておこうか、貴子は加賀見とバーで飲みはじめても考えあぐねたり躊躇したりしていた。

そのうち自分のことではなく、親友のことにして話すという考えが浮かんだのだ。

ただ、なかなか話すきっかけがつかめなかった。

きっかけがつかめたのは、加賀見が貴子の注文したカクテルのモヒートにまつわる話をしたときだった。

貴子は加賀見にトラウマのことを打ち明けた。そして、どうしたら解消できるか、専門家としてのアドバイスを求めた。もとよりそれが貴子の目的だった。

ところが思いがけない展開になった。加賀見がデートに誘ってきたのだ。

しかもデートの待ち合わせ場所としては妙な、東京駅のＪＲ山手線ホームを指定して——。

貴子は内心うろたえた。親友のことにしたトラウマの話が本当は貴子自身のことだと加賀見に見抜かれたのではないか。とっさにそう思ったのだ。

それでも貴子は加賀見の誘いに応じた。結果どういうことになるかわからないが、加賀見に恥ずかしいトラウマのことを打ち明けた以上、もうなるようになれという開き直った気持ちだった。

その気持ちは加賀見とデートするまでの間に、さらに大胆なものに変わっていった。

東京駅のホームで会ったあと、加賀見がどうしようとしているのか、貴子にはおよそ想像がついていた。おそらく、というよりきっと、痴漢行為をしかけてくるにちがいないと。

それでいてデート当日、貴子は痴漢にとってこれ以上なく都合のいい下着——ガーターベルトをつけていったのだ。

ガーターベルトは、痴漢被害にあってそれがトラウマになってからときおりつけるようになっていた。

それで通勤電車に乗るのだ。そして、もし痴漢されたらと想うと、それだけでめまいがしそうになるほど興奮して軀が熱くなり、ショーツが失禁したように濡れるのだった。

ところが幸いというべきか、たまたまか、ガーターベルトをつけてから痴漢に遭遇することはなかった。遭遇していたらどうなっていたかわからない。それを思うと貴子は怖くなった。それでいて物足りなさも感じていた。

加賀見のデートの誘いに応じ、ガーターベルトをつけたのは、そんな物足りなさと無関係ではなかった。

それだけに電車の中で加賀見が痴漢行為をしかけてきたとき、貴子は自分を失いそうになるほど興奮し感じてしまった。

結果、それがそのまま加賀見との情事へとつづき、貴子にとってこれまでにないセックスの歓びを堪能することになったのだった。

ここまで三回の情事を通して、貴子は加賀見の考えが少しずつわかってきていた。

加賀見は貴子にこんなことをいったのだ。

——これはきみとセックスしてて感じたことだけど、きみはこれまで性的なことに関する考えや欲求を過剰に抑え込んできたんじゃないか。なにが原因でそうなったか、おそらくは強い倫理観や自尊心や自制心などによってだろう。こういう場合ままあることだけど、それらが性的な考えや欲求を抑え込むと同時に封じ込める〝殻〟を形成する。きみがいま抱えているトラウマを解消するには、まずその〝殻〟を壊すこと。そうすればきみは抑制から解放されて、自由にセックスを楽しむことができるようになる。問題はどうやって〝殻〟を壊すかだけど、それはきみしだいだ……。

きみしだいとは、貴子自身が変わることができるかどうかという意味で、加賀見は貴子とのセックスのさなか、しきりに「いやらしくなっていいんだよ、いやらしくなってごらん」とか「ほら、もっと淫らになってごらん」などといって貴子をけしかけた。

それはまさに洗脳だった。そうとわかって貴子は当惑しながらも、それに恥ずかしがりながらも、加賀見の言葉に従った。なぜなら、そうすることでいままでにない自分と快感を体験することができたからだった。

——どういうつもりなのかしら。

貴子は加賀見の指示を訝りながらシャワーを使っていた。不満にも思っていた。これまで加賀見は電車の中で貴子に痴漢行為をしたあとホテルにくると、貴子を下着姿にした。

そしてガーターベルトをつけているその姿と、痴漢行為を受けた軀を観賞し、貴子に痴漢されている間の気持ちや感じ方を訊きながら、濡れそぼって熱くうずいている秘芯を嬲るのだ。

初めてデートしたときは貴子にシャワーも使わせないで行為におよんだ加賀見だが、二回目からは嬲ったあとで貴子を連れて浴室に入った。

一緒にシャワーを浴びて軀を洗いながら、そこでも貴子を嬲ったり、フェラチオさせたりした。

それればかりか、前回の三回目のときはバスルームで貴子を翻弄してベッドにいくのを待ちきれなくなるまで欲情させ、挿入をせがませた。それも貴子に卑猥な言葉をいわせて。

それなのにこの日の加賀見は貴子の下着姿を鑑賞しただけで、シャワーを浴びるよう命じたのだ。しかも加賀見も一緒ではなく、貴子一人だけ先に――。

貴子は肩すかしを食らったようでがっかりした。逆にいえば、加賀見に翻弄されるのを期待していたわけで、それをはぐらかされて不満に思った自分に戸惑いもした。早くも加賀見に洗脳されていることを実感させられたからだ。

そんなことを考えながら乳房にボディソープを塗っていると、貴子は甘いうずきに襲われて軀がふるえ、喘ぎそうになった。

加賀見の痴漢行為に感じてしまって、乳房はすでにふくらみ全体が張った感じになり、乳首はしこって勃っていた。

そこにシャワーの飛沫が当たったときも同じような甘いうずきに襲われたが、ボディソープと一緒に両手で撫でまわしているぶん強く感じたのだ。

乳房だけでなく、軀全体が感じやすくなっていた。とりわけ秘苑はそうで、シャワーを当てるのもソープを塗りつけるのも、恐々だった。

それでもすでに尖り勃っているクリトリスに飛沫や指が当たると、鋭い快感に襲われて喘ぎをこらえられなかった。

そんな軀にショーツだけつけてバスローブをまとうと、貴子は浴室を出た。

加賀見はすでにボクサーパンツだけの格好になって、椅子に座って缶ビールを飲んでいた。デートのときはいつも情事のあとの遅いディナーになる。

「そこにきみにふさわしい下着を用意しておいたから、それをつけてビールでも飲みながら待っててくれ」

加賀見はそういいながら冷蔵庫から缶ビールを一つ取り出してテーブルの上に置くと、貴子に意味ありげな笑みを投げかけて浴室に向かった。

貴子はベッドの上を見やった。赤い下着のようなものがあった。そばにいって取り上げ、ひろげてみて思わず『やだ』と胸の中でいった。同時に軀が熱くなった。

下着はブラとショーツのセットだが、ふつうのそれではなかった。それもセクシーどころか、ハレンチなものだった。

赤いシースルーの布地に黒い縁取りがついていて、ブラの真ん中とショーツの股の部分に縦にスリットが入っている。スリットは黒い縁取りからつづく紐の蝶結びで閉じられてはいるものの、蝶結びの紐は男を挑発し歓ばせるための仕掛けのようなものだった。

貴子は加賀見の言いつけに従った。こんないやらしい下着なんて、と内心いやがりながらも、胸がときめいていた。

バスローブを取り、ショーツを脱ぐと、そのブラとショーツをつけた。

部屋にはドレッサーがあった。その鏡に、貴子は下着姿を映してみた。

カッと、さきほど以上に軀が熱くなった。ハレンチな下着によって自分の軀までいやらしく見えた。

そして加賀見の手が股間の蝶結びの紐を解くところを想像すると、かるいめまいをおぼえた。

貴子はまたバスローブをまとった。どうせ見られるにしても下着姿で加賀見を待つことはできなかった。

喉が渇いていた。動揺と興奮のせいだった。缶ビールを飲んだ。喉の渇きだけでなく、ハレンチな下着のせいで、アルコールを欲していた。缶を半分ほど空けたとき、加賀見が浴室から出てきた。

「どう？　気に入ってくれたかな」

貴子に笑いかけて訊く。腰にバスタオルを巻いている。

「こんないやらしい下着が、どうしてわたしにふさわしいんですか」

貴子は加賀見を見る眼に怨嗟をこめて訊き返した。

「つける下着によって、女性の心理は微妙に変わる。その効果を狙って、少しずつ殻が壊れはじめている貴子をもっといやらしくしてやろうと思ったからだ。どうだ？　もういやらしい気分になってきてるんじゃないか」

「そんな……」

貴子は当惑してうつむいた。加賀見の言葉はほぼ当たっていた。

「どうやら狙いは当たっていたようだな。バスローブを取ってごらん」

反論できず、それにもはや拒むこともできず、貴子はバスローブを脱ぎ落とした。

「おお、いいね。いやらしい軀つきが一層いやらしく見えるよ」

加賀見が貴子が思ったのと同じことをいう。その視線を感じて貴子はひとりでに軀がくねる。

「どうした？　もう感じちゃってるのか。よし、調べてやろう」

そういうと加賀見は貴子をそばの肘掛け椅子に座らせた。

その瞬間、いやな予感が貴子の頭をよぎった。それは的中した。加賀見が片方のベッドの上に自分が脱いでいる衣類の中からネクタイを取り上げたのだ。

前回の加賀見との情事のとき、貴子は全裸で大の字の格好にベッドに括りつけられた。

拘束されたのは初めての経験だったので、大変なショックだった。羞恥や屈辱、戸惑いや狼狽、いろいろな感情が交錯する状態で、加賀見に弄(もてあそ)ばれたのだ。ところがそうされているうちにこれまでにない気持ち——マゾヒスティックな快感といっていい——に襲われて興奮していた。

そのとき加賀見がいったのだ。

「想ったとおりだ。きみにはマゾッ気がある。そういう自分のことを知るのも、殻を破って自分の欲望に忠実になるためには必要なことだよ」

加賀見は貴子の両手を椅子の背もたれの後ろにまわすと、手首をネクタイで縛った。ついで前にまわると、貴子の両脚を抱え上げて肘掛けをまたがせた。

「いやッ——!」

思わず貴子はいって顔をそむけ、身をくねらせた。

大股開きの格好だった。羞恥で頭の中から全身が熱くなっていた。

「どれ、いやらしくて恥ずかしい下着をつけただけで感じてるかどうか、調べてみよう」

前にひざまずいている加賀見がブラの紐を思わせぶりに指でつまんでほどいた。

スリットが開き、乳房の膨らみがブラを押し上げているため、乳首が割れ目から突き出た。しかもしこっているため、よけい露骨な感じに——。

「ん？ この乳首、ふつうじゃないな。ほらもう勃ってるよ」

加賀見が指先で乳首をくすぐる。

「アンッ、だめ……」

貴子はふるえ声でいってのけぞった。

加賀見は一方のスリットの紐も解くと、両手を貴子の内腿に這わせてきた。

「さて、肝心な部分はどうかな。乳首のようすだと、こっちのほうはもう大変なことになってるんじゃないか」

「いやッ……だめッ……」

内腿を股間に向かって這ってきた加賀見の手が鼠蹊部をなぞる。

うろたえながらもゾクゾクする快感に襲われて貴子が身悶えていると、加賀見がショーツのスリットの紐を解いた。

「おお、すごい！」

「いやッ、見ないでッ」

貴子は悲痛な声でいって腰をくねらせた。自分でもいやらしいと思うほど濡れているのがわかっていた。

そんな秘部が、スリットの間に露出している卑猥な状態が頭に浮かび、それを加賀見に見られていると想うと、恥ずかしさのあまり気がおかしくなりそうだった。

同時に火のような羞恥に秘芯を射抜かれるような感覚に襲われて軀がふるえ、それは快感でもあった。

そのとき加賀見が貴子の耳元で囁いた。

「いやッ」

囁きを遮るように貴子はいって、かぶりを振りたてた。

## 3

『手をほどいてあげるから、オナニーしてごらん』

加賀見はそう囁いたのだ。

これまでにベッドの中で加賀見からオナニーについて訊かれたことがあった。

欲求不満を解消するためにしていたのではないかと。

貴子はしていないと答えた。すると加賀見はさらに、オナニーしたことは？と訊いてきた。

それに対しても貴子がないと答えると、「おかしいね。きみのように頭の中だけ早熟な子は、実行が伴わないぶんオナニーするものだけど……」と腑に落ちないようすでいった。

「頭の中だけ早熟」というのは、その前に加賀見から思春期の頃の性的な興味や体験について訊かれたとき、貴子がいったことだった。

加賀見の指摘は当たっていた。「頭の中だけ早熟」だった貴子は、オナニーをしないどころか中学から高校時代半ばにかけて罪悪感に苛まれながらもほとんど毎晩のようにしていて、まるで〝オナニー中毒〟のようだった。

さすがに大学受験が迫るにつれてしなくなり、それからは持ち前の自制心のほうが強くなってオナニーからは遠ざかっていたが、恋人と別れてからのここ二年ほどは、ときおりするようになっていた。

だから加賀見の問いかけに対する貴子の答えは、いずれもウソだった。

「いや？　できない？」

加賀見が訊く。貴子はうなずいた。

「残念だな、きみの初めてのオナニーを見られると思って楽しみにしていたんだけど。でもこんなに感じてたら、もしぼくがここにいなかったら、自分でなんとかせずにはいられなかったんじゃないの。ん？」

加賀見が両方の乳首をつまんでこねる。

「アウッ……」

甘いうずきに襲われて貴子はのけぞった。

加賀見が指先に徐々に力を込める。乳首への強い刺戟でイッてしまうほど貴子が感じるのを知ってのことだ。

「ウウッ……アアいいッ！」

貴子は呻き、快感を訴えた。つねり上げられている乳首から乳房に植えつけられる甘美なうずきが秘芯に流れ伝わって、ひとりでに腰がうねる。

「アアッ、もっと……」

さらに強い刺戟を求めると、すっと加賀見が乳首から指を離した。

「まだイカせるわけにはいかない」

そういうと貴子のそばを離れた。バスローブの紐二本を手にしてもどると、その紐で貴子の両脚を大股開きの状態のまま肘掛けに縛りつけた。そして椅子の向きを変えた。

「いやッ、だめッ」

貴子は悲鳴のような声をあげて顔をそむけた。正面のドレッサーの鏡に、自分のあられもない姿が映っているのだ。それを見た瞬間、パニックに陥った。

これまでの情事の中でもいままでにないような恥ずかしい姿を加賀見の前にさらしている貴子だったが、拘束されて否応なくそうさせられているこの状態は、羞恥も狼狽もそれよりはるかに強く、しかも異質だった。

「刺戟的な格好だよ。ほら見てごらん」

貴子の後ろから加賀見が両手で乳房を揉みながら囁く。

「い、いやッ……」

乳房を揉むと同時にさきほどとは一転して指先で乳首をやさしくくすぐる加賀見に、貴子はふるえ声になって身悶えた。過敏になっているところへのソフトな愛撫でよけいに感じるのだ。

加賀見の手が股間に這い下りていく。うろたえた貴子は、だが加賀見の手の動きにつられて鏡を見た。カッと軀が火になった。

大股開きによってショーツのスリットも開き、まるでそこだけを強調したように、そのぶん露骨でいやらしい感じに、秘唇とその周りのヘアがあらわになっている。

熱くなった軀がふるえた。いたたまれない羞恥のせいもあったが、それよりも頭がクラクラするような異様な興奮のせいだった。

加賀見が両手を秘唇に当て、開いた。

「いや」と小声を洩らして貴子は顔をそむけた。まともに声が出せず、直視できなかった。それでも恥ずかしい唇がパックリ開いて生々しいピンク色のクレバスが露出したのが脳裏に浮かび上がっていた。

「見てごらん。いやらしい下着をつけただけでこんなに濡らして、それに恥ずかしい格好に拘束されて興奮している。これが貴子の本当の姿だよ」

加賀見が耳元で囁きながら、指先をクリトリスに這わせてきて、ゆっくりこねる。

「どう、自分でもそう認めるだろ？」

「アアッ……」

たまらず貴子は喘いでのけぞり、うなずいた。そして鏡を見た。

「よろしい。本当の自分を正直に認めること、それが自分を解放し自由にすることの出発点だからね。スタートしたら素直に楽しむこと、それができたらいままでにないいきみがそこにいるはずだよ」

加賀見が過敏な肉芽を弄りながら、暗示にかけるように囁く。

その指から貴子は眼が離せない。凝視したまま、かきたてられる快感をこらえきれず、感じた喘ぎ声を洩らして腰を揺すらずにはいられない。

「見えてる？」

訊かれて貴子はうなずき返した。

「なにが見えてる？」

「先生の指で、クリトリスを触られてるのが……」

貴子は息を乱しながらいった。

「こうやってクリトリスを弄られてるのを見て、どう思う？」

「いやらしいし、恥ずかしい……」

「けどいいんだろ？　ふつうにされるより感じて興奮してるんじゃないの？」

図星を指されて貴子はうなずき、たまりかねていった。

「でもだめッ、ああん、もうイッちゃいそう……」

するとと加賀見の指がクリトリスから膣口に移動した。そこをまるくこねる。

「ううン……だめン……」

もどかしい快感をかきたてられて、焦れったさが甘ったるい声と淫らな腰の動きになった。

加賀見が横にきてパンツを脱いだ。貴子の顔の前に怒張を突きつけると、

「ほら、これがほしくてたまらないって腰つきだけど、どうなんだ？」

それを手で揺すって訊く。貴子はもう我慢できなかった。怒張を見つめたままいった。

「ほしい……」

「じゃあオナニーしてごらん。そうしたらご褒美にこれをあげるよ」

「そんな、いや……」

鏡を通して笑いかけてまたオナニーを持ち出してきた加賀見から貴子は顔をそむけた。

「いやか。ならしゃぶって……」

そういって加賀見が貴子の顔を自分のほうに向け、口元に怒張を押しつけてきた。

貴子は仕方なく、眼をつむると舌を覗かせて亀頭に這わせた。その瞬間になって、これも鏡に映っているのだと思ってうろたえた。ほとんど同時にカッと頭の中が熱くなった。興奮に襲われたのだ。

貴子は怒張に舌をからめていった。ねっとりと舐めまわしながら鏡を見た。淫らな自分が映っていた。フェラチオをしている自分を見るのは初めての経験だった。淫らな自分に煽られけしかけられて、怒張を咥えると顔を振ってしごいた。興奮のあまりめまいがしそうだった。それが鼻声になった。自分でもいやらしく思うほどせつなげな鼻声に──。

「いままでで一番いやらしいフェラチオだね。いやらしい自分に興奮しているからだろう」

加賀見が貴子の気持ちを見透かしたようなことをいう。

「さっきよりもご褒美がほしくてたまらなさそうだけど、オナニーをしてみせてご褒美をもらうか、それともオナニーを拒否してご褒美なしでこのまま晒しものになるか、どっちがいい？」

「そんな、だめッ……」

貴子はあわてて怒張から口を離していった。加賀見の言い種にもだが、ヌルヌルしているクレバスをこすっている彼の指にもうろたえて。こらえきれず、腰が物欲しそうにうねってしまう。

「それだめッ、ああもう、ご褒美、ください」

いうなり目の前の怒張を咥え、顔を振ってしごく。

加賀見が貴子を後ろ手に縛っているネクタイを解いた。貴子は両手で股間を隠した。

「オナニーはしたことがないといってたね。仕方がわからなかったら教えてあげるから、さ、してごらん」

いわれて貴子は顔をそむけて眼をつむった。恥ずかしさは尋常ではなかった。いままで経験したことのないものだった。

裸を見られるとか、秘部を見られるとかともちがう。絶対に秘密であるべきオナニーをしているところを見られるのだ。

貴子は恥ずかしさのあまりどうかなってしまいそうな気持ちに襲われながら、股間を隠している左手をゆっくり横にずらした。

いやでも加賀見の視線を感じて脚がふるえる。半ば自暴自棄になって、右手の中指をおずおずクレバスに這わせた。

指先でクリトリスをまさぐって、そっとまるく撫でる。わきあがる快感のうずきに、熱い吐息が洩れた。

「柚木貴子の記念すべき初オナニーだけど、仕方を教える必要はなさそうだね。というより、どうもバージンオナニーじゃなさそうだってのがぼくの見立てだけど、本当のところはどう?」

訊かれて貴子は声もなくかぶりを振った。笑いを含んだような加賀見の声は、貴子のウソを見抜いている感じだった。

それで動揺したわけでも、それを否定してかぶりを振ったわけでもなかった。異様な興奮状態にあって、ただそうするよりほかなかっただけだった。

そのときまた、加賀見が貴子の顔を彼のほうに向けさせて怒張を口元に突きつけてきた。

求められるまま、貴子は亀頭に舌をからめていくと、ねっとりと舐めまわし、さらに怒張をしゃぶった。

その間も指で肉芽を弄っていた。みずからかきたてている快感に突き動かされるように怒張を咥え、顔を振ってしごいた。喘ぎ声がせつなげな鼻声になる。

オナニーをしながらフェラチオをしている——そのいやらしさ、淫らさに興奮を煽られてめまいに襲われたそのとき、頭上から加賀見の声が降ってきた。

「見てごらん」

つられて貴子は鏡を見やった。怒張を咥えて指をクレバスに当てているこれ以上ない淫猥な姿を眼にしたとたん、想像していたときよりもはるかに強い衝撃にも似た興奮に襲われて軀がふるえた。そればかりか、ふるえとほとんど同時に達して呻いた。

「とてもいやらしくて、最高にエロティックだよ」

加賀見がいった。真剣な、興奮した表情をしている。

『いやッ』と貴子はいったが呻き声になった。いやがっていったわけではなく恥ずかしかっただけで、その思いをぶつけるように顔を振ってなおも熱っぽく怒張をしごいた。そして指も遣った。

興奮と快感が一緒になって泣くような鼻声が洩れ、こらえきれず腰がうねってしまう。

「こんどこそ、ご褒美がほしくて我慢できなくなってきたようだね」

貴子はうなずき返した。素直に、強く——。

加賀見が腰を引いた。貴子の前にまわってくると、

「じゃあ自分の両手でラビアをひろげてごらん」

「いや」

貴子は小声でいって顔をそむけた。

加賀見にはもうオナニーを見られている。開き直りの気持ちも多少あったが、それでも恥ずかしいことに変わりはなかった。秘唇に両手を当て、そっと開くと全身が火になった。

「もっと開いて」

いわれるまま、さらに開いた。あらわになっている粘膜に、空気が触れた感覚と一緒に突き刺さるような加賀見の視線を感じて軀がわななき、

「アアッ……」

声もふるえた。

「おお、濡れ光ってる粘膜がエロティックにうごめいてるよ。というより物欲しそうにといったほうがいいかな」

「い、いや」

貴子自身、それがわかっていた。くわえて加賀見の言葉でそのようすが脳裏に生々しく浮かび、さらに感じて腰がいやらしくうねってしまう。

「アンッ——！」

貴子は快感に襲われてのけぞった。中腰になった加賀見が怒張でクレバスをこすり上げたのだ。

「ほ〜ら、なにをどこにどうしてほしいのか、貴子が好きな、もっとも興奮するいやらしい言い方でいってごらん」

膨れあがっているクリトリスやたまらなくうずいている膣口を、怒張で思わせぶりに嬲りながらいう。

貴子は声もなく、かぶりを振った。すでに加賀見との情事の中でこれまで口にしたことのない卑猥な言葉で挿入を求めさせられていた。しかも初めての情事のさなかに、そしてそのあともっと淫猥な言い方でも。

そのたびに事実、加賀見がいうようにそれで貴子自身興奮を煽られていた。

「アアッ、だめッ……」

貴子はたまりかねていうと、顔をそむけて眼をつむった。加賀見が怒張で肉芽をこすりたてるのだ。

「アアン、先生の××××、オ、××××に、入れてください」

熱いめまいに襲われながら貴子はいった。

ヌルーッと肉棒が入ってきた。息が詰まった。

だが肉棒は奥まで入ってこないで途中で停まり、その位置でゆっくり抜き挿ししている。そうされると快感は快感でももどかしさが生まれて、ますますたまらなくなる。

「ウウン、もっとォ……」

「もっとなんだね？」

加賀見が貴子とは対照的に冷静な口調で訊く。

「いやッ。アアン、奥までしてッ」

貴子は焦れて腰を揺すって求める。

ズンッと、加賀見が突き入ってきた。奥まで――。

強烈な快感のうずきに軀の芯を貫かれて、貴子は呻いてのけぞった。

「イクッ、イクイクッ……」

ひとたまりもなく、一気に昇りつめて痙攣に襲われた。

加賀見が怒張をゆっくり抜き挿しする。

「アアッ、いいッ……」

貴子は心底から快感を訴えた。あまりの気持ちよさに泣き声になった。

## 4

車をホテルの地下駐車場に入れてロビーに上がっていったところでばったり、思いがけない女に出くわした。――元妻の菜緒だった。

菜緒は婉然と笑いかけてきた。

「お久しぶり……」

「そうだね。だけどこんなところで偶然会うなんて驚いたな。それにその格好、昼間からパーティでもあるの？」

加賀見も笑い返していった。日曜日の午後だった。

「友達の娘さんの披露宴なの」

そういわれれば、菜緒が着ているのはそういう感じのドレスだ。

「花嫁より目立ちそうだ。気をつけろよ。いい女と見るや、場所柄もわきまえずナンパしようとする不謹慎な輩はどこにでもいるもんだ」

「それって妬いてるの？」

　菜緒が揶揄（やゆ）するような眼つきで訊く。

「そう。しばらく見ないうちにまた一段ときれいになってるんで思わず……ああ、でもそれは恋をしてるか、あるいはいい男ができたか、どちらかのせいかもしれないな」

「精神科医失格よ。ひどい誤診だわ。それに相変わらずね、女性をすぐにそういう眼で見るところも、お盛んなところも」

「お盛ん？」

「これからいく部屋にいいヒトが待ってるんでしょ」

「ぼくが誤診なら、それはきみの誤解だ。女房、いや、元妻が思うほど亭主モテもせずだよ。ある夫婦からちょっと込み入った相談を受けてね、これから会うんだ」

　加賀見は苦笑していった。

「そう。ま、そういうことにしておいてあげるわ」

　菜緒はまったく信用していない口ぶりでいうと、

「それより李菜（りな）が進路のことで相談があるらしいわよ。そのうち連絡すると思うけど」

彼女の顔は女から母親のそれにもどっている。

「わかった。いつでもいいといっといてくれ。きみも男のことでなにかあったらいつでも相談に乗るよ」

「どうしてそんなにわたしの男のことにこだわるの?」

「元妻がわるい男にひっかかっててひどいめにあっちゃいけないと心配するからだよ」

「ご心配なく。わたしは誰かさんのおかげで男性を見る眼をつけさせていただいたので、大丈夫です」

「少しはぼくも役に立ったというわけか。ね、ちかいうち食事しないか。きみと話してると脳細胞が刺戟されるから楽しいんだ」

「……食事くらいなら、考えておくわ」

言葉どおり、菜緒はちょっと考えてから答えた。

「じゃあ電話するよ」

ふたりはそこで別れた。加賀見は菜緒を見送ってからエレベーターホールに向かった。エレベーターに乗って指定された部屋の階のボタンを押した。上昇する箱の中で菜緒とのことを考えていた。

加賀見と菜緒が離婚したのは、六年ほど前のことだ。結婚生活は十年あまりで、ふたりの間には結婚してすぐにできた娘が一人いる。現在高校三年生になっている娘の李菜の親権は菜緒にある。そのため母娘は一緒に暮らしている。

加賀見は年に何度か李菜と会って食事したり買い物に付き合わされたりしているが、菜緒とは三年前の李菜の誕生日以来会っていなかった。

菜緒は出版社で編集者をしている。加賀見が出会ったときは婦人雑誌の編集部にいて、菜緒が担当した取材を加賀見が受けた。それをきっかけに加賀見のアプローチで交際がはじまり、結婚にまでいたったのだ。

結婚してからも菜緒は仕事をつづけていた。そして四十二歳になったいまは、単行本を出版する部署にかわって編集長をしている。

離婚の原因は、すべて加賀見にあった。加賀見のほとんど〝ビョーキ〟といっていい浮気癖が治らなかったからだ。

「人の心の病を治療するのが専門の医師なのに、どうして自分の〝ビョーキ〟は治せないの？」と菜緒から何度も責められ、終いに呆れられてしまったが、そして加賀見自身、自分の〝ビョーキ〟についてよくわかっていたが、これぱかりはどうしようもなかった。

さきほど菜緒にいわれた「お盛んね」は、そのことを指していたのだ。それに菜緒がいったこと──「これからいく部屋にいいヒトが待ってるんでしょ」──も図星だった。

その部屋の前に立って加賀見がチャイムを鳴らすと、待ちわびていたようにすぐにドアが開き、村沢真澄がモスグリーンのスーツを着て立っていた。

「どうぞ」

真澄の硬い表情と声にうながされて加賀見は部屋に入った。ツインルームの中程までいくと、ついてきていた真澄のほうに向き直った。

「今日は村沢さんは？」

「会社にいくっていってました」

真澄がうつむいていう。

「ウソだな。家にいるか、もうこのホテルにきてどこかの部屋にいるかのどっちかだろう。で、奥さんがぼくに抱かれるのを想像して、ゾクゾクワクワクしてるはずだよ」

いうなり加賀見は真澄を抱き寄せた。

人妻はビクッとして喘いだ。軀を硬くして顔をそむけている。

「奥さんもそう思うでしょ。というか夫婦そろってゾクゾクワクワクしてるはずだよね」

人妻はいたたまれなさそうな表情でかぶりを振る。

「脱いで！」

加賀見は命じた。真澄はハッとしたようすを見せて、おずおずと上着に手をかけた。それを見ながら加賀見も着ているものを脱いでいく。


――そもそも加賀見が村沢雄一郎という男と出会ったのが、この異常な関係というか情事というかがはじまるきっかけだった。

ふたりはある代議士主催のパーティで出会った。代議士の選挙区が加賀見の出身地で、秘書が加賀見の幼馴染みということで、その秘書に請われてしぶしぶパーティに出席した加賀見と、同じテーブルで隣り合わせになったのが通販会社社長の村沢だった。

そこで話すうちふたりは妙に気が合って、パーティの途中で会場を抜け出して銀座のバーに飲みにいった。

そのときわかったことだが、村沢は加賀見が精神科医であることと、女に関して相当な経験の持ち主に見えたことで興味をおぼえたらしい。というのもそれなりのわけがあったからで、そのあとそれを聞かされた加賀見は驚かされることになるのだが……。

村沢は加賀見より四つ年上の四十九歳で、妻は三十八歳。村沢は再婚だが妻は初婚で元CA。ふたりは結婚して三年になるが子供はいないということだった。

飲みながら話しているうちに、話題はプライベートなことから男と女のことにもひろがっていた。そんなときだった。

「加賀見さんが精神科医だから思いきっておたずねするんですけど、わたしはおかしいんでしょうかね」

村沢が真剣な顔でそういったのだ。

訊くと、村沢は思いがけないことを話しだした。

――自分は妻のことを心から愛している。その気持ちに嘘偽りは微塵もない。それなのにあるときから妻がほかの男に抱かれているところやセックスしているところを想像して興奮するようになった。

考えてみると、そんなことを想像するようになったのは、自分のセックスの能力が目に見えて低下してからだった。しかも愛する妻を歓ばせてやろうと思えば思うほどますます勃起力も持続力も落ちて、ときには中折れする始末。これではいけないと思い、バイアグラを使ってみた。すると妻も驚くほど効果があった。ただ、数回はそれでよかったが、そのうち肝心の村沢のほうがそれでは満足できなくなった。

なぜなのか村沢自身、理由がわかった。妻がほかの男とセックスしているのを想像したときにわきあがる、気が狂いそうになるほどの嫉妬と異常としかいいようのない興奮がないのだ。

村沢は悩んだ。妻にほかの男とセックスしてくれとは口が裂けてもいえない。かりにいったとしたら、憤慨されるのは目に見えていた。そればかりか完全に変態と思われるか精神的に異常をきたしていると疑われるのがオチだ。

そして最悪、離婚を切り出されるかもしれない。それだけは避けたい。妻を失うなんて考えられない。だが屈折した嫉妬と興奮が頭から離れない。

悩みに悩んだすえ、村沢はバイアグラのことを妻に話した。妻は驚いた。そして「そういうのはいや」といった。薬に頼ってのセックスをいやがったのだ。

そこで村沢は思いきって自分の気持ちと悩みを妻に打ち明けた。妻は唖然として言葉もないようだった。別人を見るような眼で村沢を見ていた。

そんな妻に村沢は必死に訴えた。自分がどれだけ妻を愛しているか、その妻がほかの男とセックスしているところを想像して嫉妬に狂い興奮するなんて自分でもどうかしていると思う。だけどどうしようもないんだ、と。

その後、夫婦のセックスはうまくいかなくなった。バイアグラを使わなくなったせいだけでもなさそうだった。

村沢からショッキングなことを聞かされたせいか、セックスのさなかでも妻はときになにかほかのことを考えているようなようすを見せることがあった。

そんなある夜、思いがけないことが起きた。

「あなた、本当にわたしがほかの男性とセックスしてもいいと思ってるの？」

ベッドの中で妻が村沢にそう訊いてきたのだ。それも村沢の胸に顔をもたせかけて、穏やかな、妙にやさしい口調で。

驚いた村沢の眼に、妻の顔は見えなかった。それで村沢は恐る恐るいった。

「ぼくはいいと思ってる。ただし真澄の気持ちしだいだ。真澄がいやだといえば仕方ない。残念だけどあきらめるよ」

するとと妻が初めてこの話にからんできた。

「それでもいいの？」

「いいもわるいもぼくにとって一番大切なのは真澄だから、なにがあろうと真澄を失うようなことはできない」

「だけど、もしもわたしがほかの男性とセックスしてその人のことが好きになったとしたら、どうするの？　それでもかまわないの？」

村沢はあわてていった。

「それはだめだ、それだけは絶対にだめだ。すべてはぼくと真澄がより深く、強く愛し合うためのことなんだから」

「勝手ね」

妻は苦笑していった。

その反応に村沢はもしやと思い、

「いいのか」

と、妻のいい返事を期待して訊いた。

だが妻から呆れたように見られて、

「こんなふつうじゃないこと、簡単にいいなんていえるわけないでしょ」

とかわされた。

それでもその言い方に村沢は一縷の望みを持った。完全な拒絶ではなかったからだ。

それから三日後だった、村沢の望みが叶ったのは。

「あなたがどうしてもっていうなら……」

といって妻は村沢の話を受け入れたのだ。

これまでの経緯をそこまで話すと、そのときの興奮を思い出したようすで村沢はいった。

「そりゃあもう飛び上がらんばかりに喜びましたよ。ただ、おかしなもので、そうなると妻のことが気になりだしましてね、わたしからそう仕向けておきながら、妻には夫がいてもほかの男とセックスしてもいいと思うようなところがあったのかとか。確かに妻はセックスそれ自体好きなほうですけど、そこまで大胆奔放なタイプではないし、それどころかお淑やかなほうですからね。それだけによけい驚きもしたんですけど、先生、わたしはやっぱりおかしいですか」

「正常か異常かという意味でおっしゃってると思うんですけど、村沢さんの場合はもうそれをお考えになる必要はないんじゃないでしょうか。というのはすでにご夫婦が合意されているわけですから、なにも問題はない。あとはご夫婦で楽しまれたらいいんじゃないですか」

加賀見がそういうと、村沢は我が意を得たような表情でうなずき、加賀見も予想だにしなかった話を切り出してきたのだ。

「そこで先生にお願いがあるんです。今日初めてお会いしてお話ししている間に先生が信頼のおける方で、それに女性関係においても相当豊富な経験をお持ちの方だとお見受けして考えたことなんですが、妻の相手をしていただけないでしょうか」

「エッ?!」

加賀見は絶句した。

「お願いがお願いですから、面食らわれるのはごもっともです。申し訳ありません。いざとなるとわたし自身、妻の相手選びに困っていたんです。妻のほうはわたしに任せるといってくれているんですが、そんなとき先生にお会いして、いまもお話ししたようにすべての面で申し分ないお方だと思いまして、失礼を承知でお願いしたんです。どうでしょう、聞き入れていただけませんか」

村沢は懸命に話し懇願した。

加賀見のほうはそのぶんよけいに困惑して、「少し考えさせてください」とひとまず即答を避けた。

二日後——その時間にさして意味はなかったが、加賀見は電話で沢村に頼みを聞き入れることを伝えた。電話を通しても村沢の喜びようと興奮しているようすが手に取るようにわかった。

さらに二日後、初会ということで加賀見と村沢夫婦の三人で会った。

村沢の妻、元ＣＡの真澄は、会ったとたんに加賀見の下心をくすぐった。顔立ちからして品のいい、そこはかとない色気が漂っていて、プロポーションもよかった。

そして三人でホテルのレストランで食事をしたあと、加賀見と真澄はそのホテルの部屋に、村沢はひとり別室に入ったのだった。

加賀見が柚木貴子と出会ったのは、それからほぼ一カ月後のことで、貴子との出会いからそのあとの流れに加賀見は驚いたものだ。どちらも悩み事からはじまって、しかもいささか異常なところが似ていたからだった。

## 5

人妻は下着姿になって恥ずかしそうにうつむいて立っている。片方の膝をわずかに内側に曲げているところにも羞じらいが見て取れる。

身につけているのは、ブラとショーツだけだ。片方の手は胸に、一方の手は下腹部に当てているが、真っ赤な下着がシースルーで、しかも形がかなり際どいものだということはわかる。

均整が取れているその軀は、見ているだけで加賀見をゾクゾクさせるほど官能的に熟れている。それというのも肌が抜けるように白く、ほどよく脂肪がついていて、いい意味でいやらしい軀つきをしているからだ。

加賀見もすでにボクサーパンツだけになっていた。黙って真澄を抱き寄せると唇を奪った。舌を差し入れからめていくと、すぐに真澄もからみ返してきた。

村沢は自分から妻をほかの男に抱かれるよう仕向けおきながら、それを妻が受け入れると、まさか淑やかな妻にそんなところがあったとは、ショックを隠せないようすだった。

淑女がベッドの中でも淑女とはかぎらない。そんなことはとっくにわかっているはずの加賀見にしても、初めて真澄とベッドインしたときは驚かされたものだった。いきなりではなく、ある程度興奮してからだが、見た目からは想像できない好色性や貪欲さを真澄が見せたからだ。

もっとも加賀見自身、そういうことはある意味、男の属性だろうと思っている。男というのは女に対して、経験にかかわらず多かれ少なかれ幻想を抱くものだから。また、だからこそ、たとえ女からひどいめにあったとしても懲りもせず惹かれてしまうのだと。

濃厚なキスを交わしていると、真澄がせつなげな鼻声を洩らして腰をうごめかせた。加賀見のパンツの前を突き上げている強張りに、そうやって下腹部をこすりつけている。

加賀見は唇を離して訊いた。

「昨日もご主人に責められたんでしょ？」

真澄が顔をそむけぎみにして小さくうなずいた。顔にはすでに昂りの色が浮いている。

「たっぷり時間をかけて？」

またうなずく。

「どれくらい？」

「……二時間くらい」

「じゃあペニスの代わりに舌や指も相当使われたんじゃないの？　ネチネチと。

ご主人、ペニスだけだとそんなにもたないもんね」

真澄は黙っている。加賀見は両手で人妻のヒップを抱えると、Tバックショーツのためむき出しになっている、ムチッとした尻肉を揉みたてた。

「ちゃんと答えなきゃだめだよ」

「ああッ、そうです」

真澄が悩ましい表情でのけぞり、うわずった声で答える。

「そうじゃないと、ご主人そんなにもたないもんね。で、奥さんは何回イッたの？」

加賀見は尻肉を揉みしだきながら訊いた。

「わかりません」

「わからないくらい何回もイッたってこと？」

人妻は身悶えながらうなずく。

「いつものことだけど、ご主人、妻が明日ぼくに抱かれると思ったら嫉妬にかられて、やたらとがんばるようだね。じゃあそれで奥さんも満足させてもらったわけだ」

訊くなり加賀見はグイと人妻の腰を引きつけ怒張を押しつけた。

「あ……はい」

真澄が腰をもじつかせてあわてたように答える。

「それなのにもう欲情してるって、どういうこと？　ぼくのペニスを感じたらすぐほしくなったんでしょ？」

ちがう、というように人妻はかぶりを振る。

「じゃあなに？　そのいやらしい腰つきは。どう見てもほしくてたまんないって感じだよ。そうでしょ？」

さらにかぶりを振る。そのようすには、否定すれば加賀見がどう出てくるかわかっていてそれを期待している感じがある。真澄との数回の情事で、加賀見は彼女にそういうところがあることを見抜いていた。

「欲情してない、ペニスをほしがってないって言い張るんなら仕方ない。躯に訊いてみるしかないな」

人妻の期待に応えてやるべく、そういうと加賀見はいささか乱暴に真澄をベッドに突き倒した。彼女の悲鳴と一緒に躯が弾んだ。

加賀見はパンツを脱ぎ捨ててベッドに上がった。人妻の両方の足首をつかむと大きく開いた。

「いやッ」

真澄は両手で股間を押さえた。そむけている顔には羞恥よりも興奮の色が浮かんでいる。

加賀見は彼女の両脚の間に腰を入れ、股間の両手を引き剝がした。

「だめッ」

真澄は両手で顔を覆った。

「肉まんじゅうがむき出しだよ」

「いやッ、見ないでッ」

悲痛な声でいって腰をもじつかせる。

真っ赤なシースルーのTバックショーツをつけた股間の刺戟的な状態があらわになっている。前の逆三角形の布から股間へとつづく紐がクレバスに食い込んで、ぷっくりと肉が迫り出していて、それが〝まんじゅう〟を想像させるのだ。

ただ、シースルーの逆三角形の布の下に透けて見えているはずの陰毛がない。村沢が初めて妻を加賀見に提供する前に剃ったのだ。

それからも妻が加賀見と逢う前に決まって剃毛するらしい。真澄はそういっていた。

なぜそんなことをするのか、加賀見は村沢に訊いたことがないのでわからないが、おそらくは嫉妬や真澄は自分の妻だという強い思いを込めてのことだろうと想像していた。

加賀見自身、女の陰毛についてはどちらかといえば濃いほうが猥褻感があって好きなので、真澄との初めての情事のとき無毛のそこを見て驚くと同時にいささかがっかりしたものだった。

ただすぐに、生えていても極端に薄いよりはいっそのこと無毛のほうがいいと思った。露骨な感じがあって、それにロリコン趣味はまったくないが〝下腹部が幼女のような熟女〟というある種倒錯的なところが刺戟的に思えてきたのだ。

加賀見はいくらか乱暴にショーツを横にずらした。「いやッ」といって真澄が腰をくねらせた。

秘苑があからさまになっている。こんもりと盛り上がってツルリとしている恥丘、その下に赤褐色のみずみずしい唇のような肉びらが合わさっている。

加賀見は両手で肉びらを分けた。パックリと唇が開くと同時に真澄が勢いよく息を吸い込むような声を洩らして腰をヒクつかせた。

きれいなサーモンピンクの粘膜は、女蜜をたたえて濡れ光っている。加賀見の視線を感じてだろう、針で突いたような尿道口の下の膣口が喘ぐように収縮と弛緩を繰り返している。

「オシッコ洩らしたみたいにグショ濡れだよ。自分でもわかってるでしょ？」

「いやッ、いわないでッ」

「これでも欲情してないっていうの？」

加賀見は肉びらを開いたまま、上端に覗いているピンクパールのような肉球を指先にとらえてこねた。

「アアッ、だめッ……」

ふるえ声でいって真澄が腰を揺する。顔から両手を離してシーツをつかんでいる。

「正直にいわなきゃだめだよ。どうなの？」

「アアンッ、欲情してますッ」

そむけている顔に悩ましい表情を浮かべていう。

「で、もうこれがほしくてたまらないんじゃないの？」

加賀見は怒張を手に亀頭でクレバスをこすった。

「アアッ、そう、ほしい……」

真澄が腰をうねらせながらうわずった声でいう。

「はしたない奥さんだねェ。昨日夫に満足させてもらったっていうのに、今日ほかの男と逢ったらすぐまたペニスをほしがるなんて……そうだ、奥さんと逢ってること、ご主人にまだ連絡していなかった。でも奥さん、もう待ちきれないようすでいやらしく腰を振ってるから、連絡はあとにしよう」

亀頭でクレバスをこすりながらいうなり、加賀見は真澄の中に押し入った。一気に奥まで貫くと、真澄は苦悶の表情を浮かべてのけぞった。

「アーッ」と一際昂った声を放って軀をわななかせる。一突きで達したようだ。

加賀見はすぐに怒張を抜くと真澄の秘苑に口をつけた。ふくれあがっている肉芽を舌にとらえて舐めまわす。

たちまち真澄が感じ入ったような喘ぎ声を洩らしはじめた。

ひとしきり舌で人妻を攻め、頃合いを見て加賀見は仰向けに寝ると、シックスナインの体勢を取るよう真澄をうながした。

表情にもはっきり昂りと欲情の色が浮きたってきている人妻は、ためらうことなく加賀見の求めに応じた。

ついでこれまた躊躇することなく、一度膣の中に収まっているペニスに舌をからめてきた。

人妻の舌が欲情を訴えるように、そしてくすぐりたてるように怒張を舐めまわす。それに対抗して加賀見も肉芽に舌を遣った。

怒張を咥えた真澄がすすり泣くような鼻声を洩らしてしごく。加賀見が肉芽や女芯を舌でこねまわしていると、真澄のしごきが熱をおびてきた。

だがそれもそう長くはつづかなかった。怒張を咥えていられなくなったらしく、口から出して手でしごく。

「アアだめッ、もうだめッ、イッちゃう……」

腰をくねらせながら、怯えたような切迫した声で訴える。

加賀見はコリッとしている肉芽を舌で弾いて攻めたてた。

「アンッ、アッ、アッ、だめッ、イクッ、イクイクーッ」

真澄は突っ伏して加賀見の脚にしがみつき、泣き声で絶頂を訴えながら軀を痙攣させる。

加賀見は起き上がった。横たわった真澄は興奮しきった表情で息を弾ませながら、まだ軀をヒクつかせている。

人妻の腰からショーツを取り去ると、加賀見は仰向けに寝て、彼女に上になるよう指示した。

真澄はゆっくり上体を起こした。動作は緩慢だが、表情は欲情してときめいている感じだ。

加賀見の腰をまたぐと、怒張を手にした。亀頭をヌルヌルしているクレバスにこすりつける。ツルッと秘芯に収めると、息をつめているような真剣な表情で腰を落としていく。

それを見ながら、そして怒張が蜜壷に滑り込んでいく快感を味わいながら、加賀見はナイトテーブルの上から携帯電話を取り上げてかけた。

真澄が腰を落としきり、苦悶の表情を浮かべて感じ入ったような喘ぎ声を洩らすのとほとんど同時に、かかってくるのを待ちかねていたように村沢が電話に出た。

「すみません、連絡が遅くなって」

加賀見は村沢に謝った。

「もう妻と逢ってるんですか」

村沢が気負いぎみに訊く。

「ええ。もうベッドの上です」

加賀見は当惑しているようすの真澄を見ながらいった。

「すでにふたりとも裸で、繋がっているんですよ。というのも奥さん、昨日村沢さんから何回イッたかわからないくらい攻めたてられて、自分でも満足したといいながら、今日ぼくと会ったら早くも欲情してましてね、それでこんなことになってしまってるんです」

真澄はうろたえてかぶりを振っている。

「じゃあ奥さんと代わりますから話してください」

加賀見は携帯を真澄に差し出した。

こういうこと――行為中に村沢に電話をかけること――は初めてではなかったが、真澄はしぶしぶ携帯を受け取り、「はい」といって電話に出た。

「ええ……でもそれは、先生が少しオーバーに……ええ、濡れるのは濡れてたけど……いま？　いまは女性上位で……そう、先生のペニスが入ってるの……その前？　ええ、フェラとか、クンニとか、シックスナインもして……」

夫にいろいろ訊かれたりいわれたりしているのだろう。それに悩ましげな表情とうわずった声で答えているうち、たまらなくなってきたか、人妻は微妙に腰をもじつかせている。

加賀見は腰を上下させせた。真澄が怯えたような表情で加賀見を見て、かぶりを振る。

「アンッ、だめ……え？　先生が、アンッ、突き上げてるの……ええ、感じちゃう……だって、奥に当たるんですもの……」

夫に向かってこの状況と自分の感じ方を伝える人妻は、そうすることでますます興奮を煽られている。

それを聞いている夫のほうも異常な興奮に襲われて、ペニスを握りしめているにちがいない。

そう想いながら、加賀見は両手を人妻の胸に伸ばしてブラを引き下げた。弾むようにして乳房がこぼれ出た。

ほどよい量感の、きれいな形をしたふくらみを、加賀見は両手にとらえると揉みたてた。

「アアッ」と昂った喘ぎ声を洩らして真澄がクイクイ腰を振る。それに合わせて亀頭と子宮口の突起がグリグリこすれる。

「オッパイを揉まれてるの……ええ、気持ちいいの……アアン、我慢できなくなっちゃいそう……だって〜、勝手に腰が動いちゃうんですもの、奥が感じちゃってたまンないのォ……」

加賀見の両腕につかまって腰を律動させている人妻は、もういまにもイキそうな感じになってきている。

その腰を両手でつかむと、加賀見は前後に振りたてた。

「アアだめッ、それだめッ、あなた、ごめんなさいッ、わたし、もうイッちゃう！」

人妻は息せききっていうとのけぞり、「イクイクーッ！」と感じ入った泣き声と一緒にふるえをわきたてた。

加賀見は倒れ込んできた真澄の手から携帯を取ると、電話に出た。

「村沢さん、奥さんの今日一回めの絶頂です。いかがです？」

「いいですね。妻もだんだん中継が上手になってきて、ますます興奮させられますよ」

村沢の声には、努めて興奮を抑えている感じがある。

「じゃあつぎはもっと刺戟的な体位で奥さんに中継してもらうことにします。期待しててください」

そういうと加賀見は携帯を手で押さえておいて、真澄に後ろを向くように指示した。

　真澄は指示に従った。膣の中でペニスがひねられる感覚があった。

　加賀見に背を向けた人妻は、わずかに腰を浮かしてうごめかした。そうやってペニスの収まり具合をよくして腰を落とす。

　ウエストのくびれから煽情的にひろがっている腰を見ながら、加賀見は真澄に携帯を渡していった。

「さ、これで動きながら、どういう体位を取ってるかご主人に教えてあげて」

「そんな……いや……」

　戸惑ったようにいいながらも人妻は前傾姿勢を取り、おずおずと軀を前後させる。

「あなた、アアッ……先生の上で、後ろ向きになってるの……そう、それで動いて……ええ、いいのッ」

　うわずった声で村沢に答える人妻の腰の動きが徐々に律動になっている。それも膣でペニスをしごくような感じの動きだ。

　実際、加賀見はそれを怒張に感じていた。それに肉びらの間にズッポリと突き入っている怒張がそうやってしごかれているさまがまともに見えている。

「ズコズコしてるとこも、お尻の穴もまる見えだよ」

加賀見がいうと、真澄は「いやッ」と恥ずかしそうな声を洩らした。

「え？　そんな……」

夫になにかいわれたらしい。真澄が当惑したようにいう。

「ご主人、なんて？」

「先生がなにかいってるんじゃないかって」

「じゃあちゃんと教えてあげなきゃ。ご主人に隠し事はいけないよ」

「先生がね、ちゃんといえって……先生にいわれたのは、ズコズコしてるとこも、お尻の穴も丸見えだよって……そう、それでわたし、ますます感じちゃって……アアッ、もうだめッ、またイッちゃいそう……アアッ、あなた、ごめんなさい、イッてもいい？」

夫に向かって話しているうち人妻の腰の動きは夢中のそれになってきた。絶頂に向かってまっしぐらという感じだ。

それを見聞きしながら、そして女芯で怒張をしごきたてられながら、加賀見は思わず苦笑いした。あらためて自分が村沢夫婦の刺戟剤にされているのを思い知らされたからだ。

そのとき真澄が上体を起こして激しく腰を振りたてはじめ、そのまま加賀見というより夫に向かって絶頂を告げながら昇りつめていった。

それを見て加賀見はふと、計り知れない性の闇のようなものを感じていた。

# 第三章　情事の媚薬

1

加賀見様

私は貴男をよく知っている者です。

じつは過日、私は貴男と柚木貴子を偶然、帰宅ラッシュの山手線の車内で見かけました。もっとも最初は柚木貴子ひとりだと思って、彼女は通勤に地下鉄を使ってるはずなのでどうしてだろうと訝っていたのですが、そのうち彼女が不審なようすを見せはじめて、そのときすぐそばにいる貴男に気づいたのです。

私は驚いて咄嗟に思いました。痴漢だ！　彼女は痴漢されていると。ところがどうもようすがおかしい。彼女はいやがっている感じではないし、貴男も妙に落ち着いている。

まさか、合意の上の痴漢行為?!　私は唖然としました。だが（まさか）は当たっていたのです。貴男と柚木貴子は電車を下りるとタクシーに乗ってホテルに行ったのですから。

私はショックでした。いいえ、ショックなんて生易しいものではありませんでした。柚木貴子がそんなことをするなんて信じられない。悪夢を見ているとしか思えませんでした。

でも現実だったのです。貴男たちはそれからも同じ行為、行動を繰り返したのです。なぜそれがわかったかといえば、私が秘かに柚木貴子を尾行していたからです。

私は貴男も尾行して貴男のことを調べました。ただ、調べたといっても素人の私が探偵の真似事をしたにすぎません。そのためわかったことといえば、貴男の名刺程度のことです。

貴男は、J大学病院精神科の勤務医。四十五歳でバツイチの独身。噂では女性にけっこうモテて、女性関係は派手らしい。

そんな貴男と柚木貴子がどうして付き合っているのか。いやあれは付き合いなんてものじゃない、どう見てもフツーの関係ではない。

私は頭が混乱しました。でも一つだけ、わかっていることがありました。それは柚木貴子にとって、貴男との関係は害悪にこそなれ、まったくためにはならないということです。

そこで貴男にお願いがあります。即刻、柚木貴子との関係を絶って頂きたい。貴男には社会的な立場がおありです。そのことをよくお考えになって、是非、私の頼みを聞き入れてくださるようお願いします。

~柚木貴子の熱烈なファンより~

差出人不明の封筒の中に入っていた手紙を読み終わると、加賀見はなんともいえない気分に陥った。驚き、当惑、困惑……いろいろな感情が宙ぶらりんのような状態のまま、胸の中にあった。

手紙の差出人は、文面からわかるように貴子に近いところにいる男と見ていい。

それに熱烈なファンと名乗っているが貴子に片思いをしている——それも一方的に変質的な思いを寄せているようだ。

パソコンで書かれたらしいこの手紙から男の年齢を推測するのはむずかしい。「貴男」やほかの表記から高年齢が想像できるが、文字変換によってあえてそういう文字を選んでいる可能性もある。文章についても故意に硬くするとか、作為がないとはいえない。

ともあれ、貴子との関係を第三者に知られた以上、どう対処するか考えなければならない。手紙の差出人は加賀見の社会的な立場をいっているが、立場とスキャンダルということでいえば、加賀見よりも貴子のほうが受けるリスクは大きい。

この手紙を貴子に見せたらどんな反応を示すだろうと、加賀見は考えた。もとよりふたりの関係は恋だの愛だのとは無縁だ。貴子はまちがいなく、おたがいのことを考えて加賀見との関係を絶つというだろう。

そうなっても仕方ない。加賀見はそう思った。それでいて、いまひとつ割り切れない気持ちがあった。

それは、貴子との関係を絶つにしても加賀見自身の意思ではなく、第三者の脅迫まがいの手紙によってだからで、なによりまだ貴子への未練があって、突然彼女を失うことを受け入れがたかったからだ。

それにこんな手紙を送ってきた男の卑劣さに対して怒りをおぼえ、憤りがわいてきた。このままおめおめといいなりになってたまるか。正体を暴いてとっちめてやりたい！

といってどうしたらいいか、考えが浮かばない。ところが貴子に近いところにいる男という感触からふと思った。同じK省に勤めている、そういう男ではないか。同じ部署とか同じフロアとかの……。

もしそうだとしたらかなり的がしぼれる。しかし特定するのはむずかしい。いろいろ考えているうちに、加賀見はひとつのアイデアを思いついた。そこで貴子と逢ってそのアイデアを実行するために打ち合わせをすることにした。

そのためだけに急遽逢うことにしたので、ふたりは時間をやり繰りして加賀見の行きつけのバーで落ち合った。

加賀見が手紙を見せると、貴子は当然のことに驚き、うろたえた。

そんな彼女に加賀見は手紙を受け取ってからの自分の気持ちや、ある考えを思いつくまでの経緯を話した。

「だけど、うまくいきますか」

貴子は訝しそうに訊いた。

「それはやってみないとわからない」

加賀見はそう答えて、

「ただ相手はこっちのことを知っていて、こっちは相手を知らないというのは、あまり気持ちのいいものじゃない。しかも相手は自分でも書いているとおり、きみの近くにいる男だ。そう思ったら、ぼくよりもきみのほうがよけいにいやだろう。だからなんとしても相手を見つけ出して、とっちめてやらなきゃいけない」

「とっちめるって、どうするんですか」

「まずはこの男がやったことがいかに卑劣なことかを思い知らせて、こちらが優位に立つことだ。そもそもこっちはふたりとも独身で、男女関係においてなにをしようと第三者からとやかくいわれる筋合いはない。だけどおかしな噂をたてられたら迷惑する。それは阻止しなければいけない。そのためにはこの男のやっていることが脅迫で犯罪だということをはっきりさせて、今後われわれにはいっさい関わらないと約束させることだ」

「差出人がわかったとしても、約束に応じますか」

「きみの近くにいる男なら、彼にも立場があるはずだから応じると思うよ。ただ一番の問題はきみも懸念したとおり、その男をうまく突き止めることができるかどうかだけどね」

貴子は黙ってうなずき、カクテルを口に運んだ。神妙なようすが美しさを冴えさせているその横顔を見て、加賀見は欲情をそそられた。

「このあとの予定は？」

「……ちょっと調べものがあるので帰ります」

え？　というような表情を見せてから貴子はいった。

「そう。じゃあ残念だけどつぎにしよう」

「なにをです？」

貴子がわざとらしい笑みを浮かべて訊く。ところがすぐにうろたえた表情になった。加賀見が太腿に手を這わせたからだ。

「ここにきて、きみのセックスに対するめざめぶりは眼を見張るものがあるからね、こうして逢ってるうちにそれを見たくなったんだ。いやらしく乱れるところを……」

タイトスカート越しに太腿を撫でながらいうと、さらに膝をなぞって内腿へ手を差し入れていく。

「そんな、だめ……」

貴子があわてて脚を締めつけ、手で加賀見の手を制した。だがあからさまな抵抗はできない。カウンターに並んで座っているふたりのそばに客はいないがバーテンダーの眼があるからだ。

それをいいことに加賀見はいくらか強引に手を内腿の奥にこじ入れた——つもりだったが、貴子のほうがそれ以上の拒絶をみせなかったため、思いのほかすんなり手を入れることができた。

加賀見の指先は、煽情的なスタイルの下着のラインをとらえていた。ガーターベルトのストラップとストッキングの切れ目だ。

この日はイレギュラーのデートであって、痴漢プレイをする予定ではなかった。それでもガーターベルトをつけているということは、いつか貴子が告白していたように、無防備な下着をつけてそのスリルを楽しんでいたのだろう。それが加賀見にとって好都合なことになった。

「下着の色を教えて。まずガーターベルトは?」

指先で、ショーツ越しにふっくらした盛り上がりをなぞりながら、加賀見は訊いた。

「白です」

貴子がわずかに腰をもじつかせながら、カウンターに視線を落として小声で答える。

「ショーツの色と形は？」

「——も白で、ビキニ……」

「で、ストッキングが肌色か。清楚な感じがいいね」

ストッキングは加賀見の眼に見えていた。

「これで痴漢されたらどうする？　痴漢もビックリするだろうね」

「させません」

加賀見を遮るように貴子はいった。

「スリルを楽しむだけ？」

「ええ……」

貴子がうわずった声で答える。

「それでも濡れちゃうんだったよね？」

加賀見はショーツ越しに割れ目に指を食い込ませて訊いた。

貴子が喘ぎそうな表情でうなずく。

「いまはどう?」

加賀見は指で割れ目をなぞりながら訊いた。

貴子が腰をうごめかせながら、小さくかぶりを振る。うつむきかげんの顔には戸惑いだけでなく興奮の色が浮いている。

「確かめていい?」

「だめ」

ショーツの脇から指を入れかけている加賀見に、貴子がうろたえていった。かまわず加賀見は指を差し入れた。陰毛や粘膜と一緒に濡れた感触があった。

「もう濡れてるよ。しかも濡れてるなんてもんじゃりない。ビチョビチョだ」

加賀見が囁きかけると、貴子は「いやッ」と恥ずかしそうな声を洩らしてカウンターの上のグラスを両手で包み込むようにして持った。

事実、割れ目は女蜜にまみれている。加賀見は貴子の横顔を見ながら、そこを指先で上下になぞった。

貴子は手にしているグラスを凝視して、必死に無表情を装っているようすだ。

それでもじっとしていられないようすで腰をもじつかせ、息の乱れをそうやって殺そうとしているように唇を開いたり閉じたりしている。

グラスを凝視している眼がみるみる潤んで艶かしい光をたたえてきた。アルコールのせいではなく興奮のためだ。

それにグラスをしきりに持ち直している。ヌルヌルしている割れ目の過敏な肉芽や女芯の口の微妙な粘膜をこねている加賀見の指でかきたてられる快感のせいにちがいない。

加賀見は指を女芯に挿し入れた。ヌルーッと熱いぬかるみに指が侵入すると貴子は眉根を寄せて小さく呻き、加賀見の手を内腿で締めつけた。

ちょうどそこにバーテンーダーがやってきた。

「よろしければ、おかわりお作りしましょうか」

「わたし、そろそろ帰りますから、もうけっこうです」

貴子が加賀見を見ていった。精一杯平静を装った感じで、眼にだけ懇願をこめて。

「じゃあぼくももういいよ」

「わかりました。ごゆっくり……」

バーテンダーがふたりの前から移動したとたん貴子が小声で喘いだ。キュッと女芯が加賀見の指を締めつけてきた。そのまま、たまらなさそうに腰をくねらせる。

「物欲しそうに締めつけてきてるよ」

加賀見は指で女芯をこねた。

「だめッ、許してッ」

貴子が加賀見の手を押さえていった。

「おねがいッ、辛くなるからやめてッ」

押し殺した声で懇願する。

「辛くなるって、我慢できなくなるってこと？」

うなずく。その凄艶な表情を見て、加賀見はますます欲情をおぼえたが翻弄するだけで終わるのは可哀相になって自制し、貴子の中から指を引き揚げた。

## 2

調べものがすんだところで貴子は時計を見た。午後十時をまわったところだった。

携帯電話を取り上げると、加賀見にかけた。今夜バーを出て別れるとき、用がすんだら電話をするようにいわれていたのだ。

すぐに加賀見が出た。

「お疲れさま。調べものはすんだの？」

「ええ、やっと」

「いま、どうしてるの？」

「まだ書斎ですけど、これからお風呂に入ろうと思ってたところです。先生は？」

「ぼくはもうベッドの中だよ。だけどバーできみの中に入った指に、まだ生々しい感触が残ってて、このぶんだとなかなか眠れそうになくて困ってるんだ」

「自業自得です」

貴子は笑ってやり返した。

「きみだって、辛くなってるんじゃないか」

「正直いうと、そう……」

「じゃあこういうのはどう。テレフォンセックスで慰め合うってのは」

「テレフォンセックス?!」

「そう。経験は？」

「ありません」

「初体験か。なんでも初めてっていうのは新鮮でいいものだ。やってみようよ」

思いがけないことになって貴子は戸惑った。だが加賀見にいわれたとおり、バーで弄ばれた女芯はうずきが尾を引いていて、入浴したらシャワーで慰めずにはいられそうになかったし、未経験のテレフォンセックスへの興味もあった。

それを思うと貴子はべつの意味でも戸惑った。これまた加賀見にいわれたとおり、自分がセックスにめざめてどんどんいやらしくなっているのを認めざるをえないからだった。

「でも、どうしたらいいんですか」

貴子は訊いた。胸がときめいていた。

「ビデオ通話にして、おたがい映像を見ながらする手もあるけど、会話だけにしよう。そのほうが想像をかきたてられてより刺戟的なこともあるから。最初はぼくのいうとおりにして。で、ノッてきたら、貴子のしたいようにすればいい。いやらしく淫らに」

「いじわる」

自分でも当惑するほど艶めいた口調になった。

「書斎の椅子に座ってるの？」

「はい」

「じゃあまず立ち上がって、服を脱いで下着姿になってごらん」

貴子はいわれたとおりにした。電話で繋がっているだけだというのに、加賀見に見られているような気がして恥ずかしい。

「下着姿になったかね？」

「ええ」

「バーでいってたように白いブラとショーツにガーターベルト、それに肌色のストッキングという格好だね？」

「そう」

「ブラとショーツは取っちゃって。で、椅子に座って」

貴子はドキドキしながらブラを取り、ショーツを脱ぐと、椅子に座った。

「椅子は肘掛けがついてるの？」

「ええ」

「この前のホテルの椅子と一緒だね。あのときと同じにように肘掛けをまたいでごらん。大股開きだ」

「そんな……」

あのときの恥ずかしさがよみがえって貴子はうろたえた。

「いわれたとおりにしなきゃだめだよ。会話だけのテレフォンセックスのいいところは、見られているわけではないから大胆になれて、どんなハレンチなことだってできるってところなんだ。それでいままでにない刺戟や快感を経験したり、いつもとはちがう自分を発見したりして、セックスをより楽しむことができるようになる。さ、股を開いてごらん」

拒絶する選択肢は貴子にはなかった。両脚を上げると、ゆっくり開いて肘掛けをまたいだ。だれにも見られていないのに、格好が格好だけにさきほど下着姿になったとき以上に恥ずかしい。

「大股開きになったか」

「ええ」

「手でアソコを隠してるんじゃないか」

「そう……」

「隠しちゃだめだよ。手をどけて」

貴子は股間から両手をおずおず離した。カッと軀が熱くなった。

「どけた？」

「ええ」

「たまらなく刺戟的な眺めが眼に浮かぶよ。大股開きで、アソコがまる見えになってる。そうだろ？」

「ええ……」

加賀見の声があからさまになっている女芯に突き刺さってくる感じに襲われて、貴子は軀と一緒に声がふるえた。それに先日大股開きの格好で椅子に拘束され鏡に映して見せられた秘苑が脳裏に浮かび、羞恥と興奮にも襲われていた。

「ぼくがいまどうしていると思う？」

「……わかりません」

「貴子の格好を想像して、もう勃起しているペニスを触ってるんだ。きみもアソコに触って、どうなってるか教えてくれ」

いわれるまま貴子は秘苑に手を伸ばした。濡れているのはわかっていたが、クレバスに指を這わせると、ビチョッとしていて、ふつうの濡れ方ではなかった。

「どうだ？」

「……濡れてます、いやらしいくらい」

興奮にそそのかされて貴子はいった。

「そんなに濡れてるようだと、うずいてたまらないだろ？」

「ええ……」

「じゃあ指を遣ってごらん」

加賀見の声がいけないとわかっていても逆らえない甘い誘惑のように聞こえる。

貴子は指先で過敏な肉芽をとらえてこねた。

「ああ……ああん……うふん……」

わきあがる甘美なうずきにこらえきれず声が洩れてしまう。

「いい声だ。どうしてるの？」

「クリトリスを、指で触ってるの」

貴子は泣き声になった。

「気持ちいい？」

「ええ、すごく……ああ、先生はどうしてるんですか」

「ぼくもペニスをしごいてるよ。もうビンビンだよ」

「ああ、想像したら、ますますたまんなくなっちゃう……」

「じゃあシックスナインしよう。ぼくの上になってごらん」

「……なりました」

その体位を想像しながら貴子はいった。

「おお、グショ濡れの×××がまる見えだ」

「いや……わたしも目の前に、先生の勃起してるペニスがあります」

「舐めてあげるから貴子もしゃぶって」

「はい……」

貴子は加賀見のクンニリングスと自分のフェラチオを想像しながらクレバスに指を遣った。

「ああ、気持ちいい。いやらしいしゃぶり方がたまらないよ」

加賀見がうわずったような声でいう。

「わたしも気持ちいいです。ああ、先生の舌、すごい……」

膨れあがっている肉芽を指先でクルクル撫でまわしながら貴子はいった。泣きたくなるほどの快感に、実際に泣き声になり腰がひとりでに律動する。

さらに快感が高まってきて、それが切迫した息遣いと喘ぎ声になった。

「ん？　なんだかイキそうな感じだけど、そう？」

「そう、もうだめッ、イッちゃいそう……」

「いいよ、イッてごらん」

貴子は肉芽を強くこねた。熱い快感が体奥に走り抜けた。のけぞってオルガスムスのふるえに襲われながら、「イクッ、イクッ！」と泣き声でそれを告げた。

「クリトリスでイッたら、貴子はもうそれだけでは我慢できないよね。つぎはなにがほしい？」

加賀見が訊く。

「ああ、先生のペニス……」

息を弾ませながら貴子はいった。

「貴子の好きなもっといやらしい言葉でいってほしいな。それもぼくのなにをどこにどうしてほしいのか、ちゃんとね」

「いや……」

すねたような口調になった。だがつづいて貴子はそうすることで興奮を煽られながらこれ以上ない卑猥なことを口にした。

「才色兼備のキャリアからそんな猥褻なことをいって求められると、なんど聞いても×××がうずくね。じゃあ貴子の指をぼくの×××だと想って、××××に入れてごらん」

加賀見があからさまなことをいう。それにも刺戟されて興奮を煽られながら貴子はいわれたとおりにした。右手の中指を秘芯に挿し入れると甘美なうずきに襲われて軀がふるえ、感じ入った声が洩れた。

「どう?」と加賀見。

「いいッ。ああッ……」

貴子は指を抽送した。ひとりでに腰が律動し、それで指と秘芯の摩擦が強まって、ますます気持ちよくなって泣き声になる。

「指、二本にしてもいいんだよ」

加賀見にいわれるまま、貴子は中指と人差し指二本入れて抽送した。

「気持ちよさそうだね?」

「いいのッ。ああん、たまんないッ」

「どこが?」

「××××、××××いいのッ」

貴子は夢中になっていった。早くもいつでもイケる状態になっていた。

## 3

その夜、加賀見はバーにいた。一週間ほど前に貴子を連れてきた、加賀見の馴染みのバーだった。

待ち合わせ時刻の午後八時を五分ほどすぎたとき、男がバーに入ってきた。緊張したようすで恐る恐るといった感じだった。

カウンターの奥の席にいる加賀見を見たとたんに表情を強張らせて近づいてきた。

「新堂さんですね」

「ええ……」

加賀見が訊くと喉につかえたような声で答えた。

「どうぞ」

新堂祥平は黙って加賀見の横の止まり木に乗った。

すぐにバーテンダーがきて、新堂に注文を訊いた。新堂はウイスキーハイボールを注文した。バーテンダーがそばを離れると、

「一体どういうことですか」

　さっそく新堂が訊いてきた。

「第一失礼じゃないですか。突然電話をかけてきて、もうわかってるだろうだの、場合によってはぼくにとってわるい話ではなくなる可能性があるだの、わけのわからないことをいうなんて」

　口調は言葉ほど強くはない。後ろめたさのせいで加賀見を非難しきれない気持ちがあるのかもしれない。そうだとしたら、こういうところにも人のよさが現れているといえそうだと加賀見は思った。

　この日の昼間、加賀見は新堂に電話をかけたのだ。加賀見が名乗ると、新堂は「加賀見さん？　どちらの加賀見さんでしょうか」と明らかにうろたえた感じの声で訊いてきた。そこで加賀見は自分の素性を明かして、

「そういえば、もうおわかりだと思いますが、あなたとお会いして話したいことがあるんです。お会いできませんか」

　と穏やかな口調で持ちかけた。すると新堂は、

「おわかりって、どういうことですか」

　ちょっと憤慨した感じで訊き返してきた。そばに人がいるのか、最初から声を

低めている。

「それは会ってから話します。ただ、場合によってはあなたにとってわるい話じゃなくなる可能性もあるんですけど、いかがです?」

加賀見が思わせぶりにいうと、

「……なんのことかわかりませんが、承知しました。とりあえずお会いしましょう」

新堂は素早く頭を回転させてそう決めたらしく、そして人の耳を気にしてか、数秒後にいかにも役人らしい答え方をした。

「じゃあまず、失礼を承知しながらなぜ電話をかけたかということから話しましょう」

加賀見は皮肉をこめていうと、バーボンの水割りを一口飲んでからつづけた。

「わたしに親切な忠告の手紙をくれたのは、それに差出人の『柚木貴子の熱烈なファン』というのは新堂さん、あなたですね」

「え?! なにをいってるんですか、一体なんのことですか」

本人としてはそれでも精一杯シラを切っているつもりなのだろうが、新堂の狼狷ぶりは可笑しいほどだ。

裏を返せば、それだけ悪い人間ではない、むしろ人がいい、ということでもある。

貴子を尾行している者がいるらしいことから調査を依頼した探偵に、その男を突き止めて盗撮した写真を見せられたときも、それだけで加賀見はそう思った。

その男——新堂祥平は、一見して好青年というタイプだった。容貌容姿ともふつうだが、温和で人当たりのよさそうな感じがあった。

そのせいもあって、加賀見はある考えが閃き、貴子には内緒で新堂に会ってみることにしたのだが、実際の印象も写真と変わらなかった。

加賀見は新堂の問いには答えず、黙ってジャケットの内ポケットから封筒を取り出した。さらに封筒の中から写真を取り出すと、カウンターの上に一枚一枚並べていった。

「なんです、これは?!」

写真を眼で追いながら新堂がうわずった声でいった。

「あなたが柚木貴子を尾行しているところです。K省を出るところ、東京駅のホーム、電車の車内でわたしと貴子を観察しているところ、それからわたしと彼女が入ったホテルの前……ここまで尾行するというのは、あの手紙の差出人の『柚木貴子の熱烈なファン』にまちがいないでしょう」

新堂は黙ってうなだれている。

加賀見はカウンターの上の写真をまとめて取り上げ封筒にしまった。バーテンダーが新堂のオーダーを持ってきたのだ。「お待たせしました」とバーテンダーがいってハイボールを置き、ふたりのそばから離れると、「どうぞ」と加賀見は新堂にいった。緊張で喉が渇いていたのか、新堂はすぐにグラスを手にしてハイボールを飲んだ。

「このこと、柚木さんは知ってるんですか」

手にしているグラスを見つめたまま、硬い表情と口調で訊く。なによりそれが一番心配だったらしい。

「手紙のことは知ってるけど、この写真や今夜わたしがきみと会ってることは知らない」

新堂は訝しそうに加賀見を見た。

「それより新堂さん、きみは柚木貴子のことがよほど好きなんだね」

加賀見は笑いかけていった。すると新堂は当惑したようすを見せて、

「そんな……柚木さんは、ぼくなんかが好きとかなんとかいえるようなヒトじゃないです」

しどろもどろしていった。

「いえるかいえないかはべつにして、相当好きじゃなかったら執拗に尾行したりあんな手紙なんか出したりしないよ。そうでしょ？」

「……なにがいいたいんですか」

探るような口調で訊く。

「きみの本当の気持ちが知りたいんだ」

「知ってどうするんですか」

「電話でもいったとおり、場合によってはきみにとってわるい話じゃなくなるかもしれない……」

「だから、それってどういうことですか」

新堂が苛立った感じで訊く。彼にとってわけがわからないのは当然だった。

加賀見は平然としていった。

「もう一度訊くよ。きみは柚木貴子のことが好きなんだろ？」

「……ええ」

新堂は一瞬考えるようすを見せてから開き直ったようにいうと、ふっと苦笑いして、

「でも柚木さんには、とんでもない迷惑だって怒られるでしょうけど」

つられて加賀見も笑い、肝心なことを切り出した。

「きみは柚木貴子のためなら彼女のプライベートな秘密を守ることができるかね？　例えば、こんどのぼくとのこととか……」

「できますよ。ぼくは柚木さんが困るようなことや迷惑するようなことはしません」

そこまでいって新堂はちょっとあわてて、

「そりゃあ手紙は出しましたけど、それは手紙にも書いたとおり、あなたとの関係はふつうじゃない感じがして、課長、あ、いや、柚木さんのためにならないと思ったからです」

「心配のあまり放っておけなくて、ということ？」

「そうです。ただ、手紙を出したあと、よかったのかどうか悩んでましたけど……でも柚木さんの秘密を守ることができるかなんて、どうしてそんなことを訊くんですか」

「きみが信用できる人かどうか確かめるためだよ。そういうと、確かめてどうするんだと思うだろうけど、その答えは、ぼくと彼女の関係がきみが察したとおり、ふつうじゃないからだ。というのも最初は彼女のセックスにまつわるトラウマを解消することからはじまって、いまはセックスプレイを楽しむパートナーという関係だからで、ここはまだぼくだけの考えだけど、きみが信用のおける人だったら、おたがいに秘密を共有するという意味でも、きみをぼくと彼女の関係の中に入れてみたいと思ってるんだ」

加賀見の話を聞いていても新堂はすぐに理解できないらしく、鳩が豆鉄砲を食らったような顔をしている。そこで加賀見ははっきりいった。

「つまり３Ｐ、三人プレイだよ。きみは３Ｐの経験は？」

「ないです、そんなこと」

「興味は？」

新堂はひどく驚いていった。

「……ないっていったらウソになりますけど、でも加賀見さんの話だと、柚木さんとでしょ？」

「そうだよ」

「そうだよって、そんなこと、柚木さんがしますか?!」

新堂が唖然として訊く。信じられないという顔つきだが、それでいて興奮しきっている。

「彼女がするかどうか、それはまだわからない。でもやり方を考えれば不可能ではないいんじゃないかな」

加賀見は新堂に思わせぶりに笑いかけていうと、

「どう?　その方法を飲みながら考えてみないかね」

とグラスを持ち上げた。

「あ、はい」

新堂は気負い込んで答えると、あわててグラスを持ち上げて加賀見のグラスに合わせた。

## 4

ホテルの部屋に入って加賀見が抱き寄せると、とたんに貴子はなにかが切れたような感じで抱きついてきた。

加賀見はふと、はじめて貴子とホテルにきたときのことを思い出した。あのときはその前の電車の中での痴漢プレイによってふたりとも異様なほど興奮していて、ベッドまで待ちきれなかった。

だが今夜はそのときとはちがった。加賀見のほうは冷静だったし、ふたりはホテルの部屋にくる前にレストランで食事をしながらワインを飲んでいた。

ただ、貴子がなぜそんな反応を見せたか、加賀見はすぐにわかった。レストランで貴子に見せた写真と加賀見が話したことが原因にちがいなかった。

その写真は一昨日、加賀見が新堂祥平に見せた写真だった。

加賀見に送られてきた手紙の差出人が部下だとわかって、さすがに貴子は強いショックを受けたようだ。「まさか……」といったきり言葉を失った。

そんな貴子に、加賀見は新堂に会ったことは内緒にしたまま、新堂の印象について貴子に訊いた。すると貴子は、

「彼がこんなことするなんて、まだ信じられない……性格もわるくないし、仕事もちゃんとできてるし、こんなストーカーみたいなことをするようなタイプじゃないの」

とショックが醒めやらないようすで好印象を口にした。

「それだけきみのことが好きなんだろうな」

加賀見がそういうと、貴子は当惑したような表情を見せた。

そこで加賀見は新堂に3Pの話を持ちかけたときと同じことをいって、貴子の説得を試みた。

当然のことに貴子はひどく驚き、またしてもショックを受けたらしい。いくら秘密を共有するためとはいえ、3Pを——それも若い部下との3Pをしてみないかといわれたのだから無理もない。すぐに「そんなこと、いやです」と拒絶した。

「絶対にいやか」

加賀見は訊いた。

「いやです」

貴子はきっぱりいった。

「残念だな。ぼくとしてはきみがほかの男に抱かれてどんな反応を見せるか見てみたかったんだけど、きみがどうしてもいやだというなら仕方ない、あきらめるしかないか」

加賀見は貴子のようすを窺いながら、いかにもがっかりしたようにいった。

すると貴子は当惑したような表情を見せてうつむいた。加賀見にいわれたことで、明らかに動揺しているようすだ。

憤慨するのではなく、貴子が動揺していることに、加賀見は少なからず気をよくして、ここでさらに説得を試みるのはやめ、少し時間をかけることにしていった。

「じゃあこうなったら、新堂くんに会ってとっちめるしかないな」

「どうするんですか」

貴子は訊いてきた。戸惑いと心配そうなようすが入り混じった感じの表情をしている。

「まずこの写真を見せて手紙を出したことを認めさせて、つぎにきみの秘密を絶対に口外しないことを約束させる。その交渉の席には、もちろんきみも同席するだろ？」

「え、ええ」

貴子は曖昧な返事をした。

その反応にも加賀見は気をよくした。なぜなら貴子の気持ちが揺れ動いている証拠だからだった。

そんな動揺が加賀見に抱かれたとたん引き金になって、なにかが切れたような反応になったにちがいない。

貴子は自分から加賀見にキスしてくると、いつもよりも積極的に熱っぽく舌をからめてきた。

加賀見もそれに合わせていると、せつなげな鼻声を洩らして早くもズボンの前を押し上げている加賀見の分身に下腹部をこすりつけてくる。

この日の貴子は仕事帰りなのでスーツを着ている。加賀見は濃厚なキスを交わしながら両手を貴子のタイトスカートのヒップにまわし、むちっとした尻肉を揉みたてた。

「うふ……うふん……」

貴子が身をくねらせて甘い鼻声を洩らし、唇を離した。

「どうした？　もう発情してるみたいだけど」

「いや……」

早くも興奮して強張った表情で息を弾ませている貴子に、加賀見が笑いかけて訊くと、貴子は色っぽい声でいって、早く脱いでといわんばかりに加賀見のネクタイをほどきにかかった。

「わかった。自分で脱ぐから、貴子はストリップをやって見せろ」

そういって加賀見はジャケットを脱いだ。

貴子は艶かしい眼つきで加賀見を見ただけでなにもいわず、スーツを脱ぎはじめた。

それを見ながら加賀見が着ているものを脱いでいると、徐々に堅苦しいスーツとは真逆のセクシーな姿形が現れてきた。

ブラウスを脱ぐと薄紫色のブラをつけた上半身が、ついでタイトスカートを下ろすと肌色のパンストの下にブラと同じ色のショーツが透けて見えている下半身が……。

駅のホームで落ち合うときはいつもガーターベルトをつけている貴子だが、この日はレストランで逢う約束をしていたせいか、パンストを穿いていた。

加賀見の好みをいえば、パンストよりもガーターベルトなのだが、がっかりはしなかった。それどころか、官能的に熟れた腰から貴子がパンストを脱ぎ下ろしていくようすが妙に新鮮に見えて、欲情をくすぐられるものがあった。

「素っ裸になるんだ」

ブラとショーツだけになっている貴子に、加賀見は命令口調でいった。

貴子はうつむいたまま、黙って両手を背中にまわした。

ブラを取ると、あらわになった、たわわに熟れている乳房を気にするようすを見せながら、前屈みになってショーツを下ろしていく。

ショーツを脚から抜き取ると小さくまるめ、脱いだ服の下に差し入れた。そして片方の腕で乳房を、一方の手で下腹部を隠して加賀見のほうを向く。

「隠さずにすべて見せろ」

加賀見が命じると、貴子は恨めしそうに彼を見た。だがすぐにうつむきかげんに顔をそむけると、両手をおずおずと軀の両脇に下ろす。

目の前の裸身を、加賀見は黙って観賞した。こういうときは見ている側がなにかいうよりも黙っているほうが、見られている側は相手の視線をより強く感じて、そのぶん強い刺戟を受けるものだ。

それを証明するように、貴子の肩がかすかにふるえ、腰が微妙にうごめき、太腿がもじついている。

しかも明らかに性的に感じている。顔には興奮の色が浮きたって、息苦しそうだ。

興奮しているのは、加賀見も同じだった。貴子の裸はすでに何度も見ているが見慣れることはない。見るたびに新鮮な欲情をおぼえさせられる。

　女の軀はプロポーションがいいに越したことはないが、欲情をそそられるかどうかということでいえば、それがすべてではないと加賀見は思っている。

　肝心なのは、軀つきそのものに〝いやらしさ〟があるかどうかにかかっていると。

　貴子の軀は、それを充たしている。三十六歳の熟れた裸身は、官能的な生々しさや濃厚な色っぽさにくわえて、黒々とした陰毛に表れているような猥褻感もあって、まさにいやらしさを感じさせるものだ。

「ああん、だめ……」

　貴子がたまりかねたようにいって加賀見に抱きついてきた。

　加賀見は抱き返して唇を奪った。見られているうちに興奮したせいだろう、貴子のほうから舌を熱っぽくからめてくる。

　それればかりか、せつなげな鼻声を洩らして手を加賀見の股間に這わせてくると、貴子の裸を見て強張っている分身をパンツ越しにまさぐる。

　こんなにも積極的に求める貴子は初めてだ。加賀見は驚きながら唇を離した。

「待ちきれないって感じだね」

「だって、先生がじっと見るんですもの」

強張りを撫でまわしながら、なじるにしては甘い口調でいう。

「見られて感じたんだ？　しかもペニスがほしくてたまらなくなるほど」

加賀見は手で乳房を揉みながら訊いた。

「ええ、そう……」

貴子は悩ましい表情を浮かべてうわずった声で答えると、懇願する眼つきで加賀見を見た。だから早くちょうだいというように。

加賀見は貴子をうながしてベッドに上がった。パンツを脱ぎ捨てると仰向けに寝て、貴子にシックスナインの体位を取るよう命じた。

貴子はすぐに応じて、加賀見の顔の上に股間を開示した。

濃密な陰毛の上にあらわになっている秘苑は、唇を合わせたような肉びらからその周りにまで濡れがひろがっている。

加賀見がしかけるよりさきに貴子が怒張に舌をからめてきた。ねっとりと舐めまわすと、早々に咥えてしごく。

加賀見はゾクゾクする快感に襲われながら、両手で肉びらを開いた。

女蜜をたたえたピンク色の粘膜がむき出しになった。加賀見から見て上から順に、柔襞のすぼまりのような膣口も、貝柱に針で突いた穴があるような尿道口も、そして過敏な肉芽も。

さらに、開いた肉びらの上には褐色のアヌスもあらわになっている。

むき出しにされて加賀見の視線を感じてだろう。膣口とアヌスが収縮と弛緩を繰り返している。

貴子がせつなげな鼻声を洩らした。夢中になってペニスをしごいているようすだ。

加賀見もピンク色の粘膜に口をつけた。

貴子が腰をヒクつかせた。加賀見が舌で肉芽をさぐってこねると、すぐに泣くような鼻声を洩らし、咥えている怒張をさらに激しくしごく。

それに対抗して、加賀見は肉芽を舌で弾いた。

貴子の鼻声が息苦しそうになり、徐々に切迫してきた。

舌がじゃれるように動いて肉茎をくすぐりたてる。その動きが止まったかと思うと、貴子の口が肉茎から離れた。

「だめッ、我慢できなくなっちゃう！」

ふるえをおびた、怯えたような声と一緒に、貴子の手が怒張をしごく。

かまわず加賀見はさらに舌を躍らせて、尖りと化している肉芽を攻めたてた。

貴子が突っ伏して加賀見の脚につかまった、というよりしがみついた。

「アアイクッ、イクイクッ……イクーッ！」

息せききって絶頂を訴えながら軀をわななかせる。

加賀見は両手で肉びらを開き、ピンク色の粘膜をあらわにして見ていた。

すると、貴子の弾むような息遣いに合わせて、女芯がまるでエロティックなイキモノのように収縮と弛緩を繰り返し、弛緩するたびに女蜜がジュクッとにじみ出ている。

女芯の煽情的な動きは、その上に露呈しているアナルからきていて、褐色のすぼまりの収縮と弛緩に合わせてのそれだ。

それを見ていると、蜜壺のうごめきが生々しく想像されて、いやでも肉茎がうずいてヒクつく。

加賀見は蜜壺に指を挿した。ヌル～ッと指が滑り込むと、貴子が艶かしい呻き声を洩らした。

蜜をたたえた、熱をおびたような秘粘膜が、ジワッと指を締めつけてきて、そのまま咥え込もうとするような妖しいうごめきを見せる。

「ううーん、もう、先生の、ほしい……このまま、わたし、上になっていいですか」

貴子が裸身をくねらせて昂った声でいう。

騎乗位でしたいらしい。したいようにさせようと思って、加賀見は「いいよ」といった。

すると貴子は、そのまま軀を加賀見の下半身に向けてずらしていき、上体を起こして彼の腰にまたがった格好になった。——体位でいえば、後背騎乗位だ。

ハートの形を逆さにしたような、美麗ですこぶる官能的な腰から尻の線を、加賀見が眼で愉しんでいると、貴子が屈み込むようにして怒張を手にした。

怒張の先を肉びらの間にこすりつける。ヌルッと先が秘口に滑り込んだ。

貴子が尻をうごめかす。そうやって女芯と怒張の収まり具合を調整すると、ゆっくり腰を落とす。ヌルーッと肉棒が蜜壺に滑り込んでいく。

腰を落としきると貴子はのけぞり、呻きとも喘ぎともつかない感じ入ったような声を洩らした。

尻肉がしこってヒクヒクふるえ、女芯が怒張を締めつけてくる。

貴子が腰を振る。クイクイという動きと一緒に肉茎が蜜壺で絞り上げられるような感覚が生まれる。それに亀頭と子宮口の突起がグリグリこすれる。

「アアいいッ、奥、当たってるッ、いいッ」

貴子が昂った声でいう。加賀見も強い快感を襲われるていた。

そのとき、貴子が腰を遣いながら突然、耳を疑うようなことをいった。加賀見は思わず、「エッ?!」と驚きの声を発した。

「新堂くんのこと、先生に、お任せします」

貴子はうわずった声でそういったのだ。

それでも加賀見は半信半疑で訊いた。

「任せるって、じゃあ3Pをしてもいいのか」

「だって、先生、そうしたいんでしょ」

腰を旋回させるようにしながら貴子がいう。ひどく艶かしい声だ。

その瞬間、貴子がなぜ背面騎乗位の体位を取ったのか、加賀見はわかったような気がした。

貴子はホテルの部屋に入ったときから欲情していた。部下の新堂や3Pのことがショックで、心身とも異常に昂っていたせいだろう。それでいままでにないほど積極的に加賀見を求めてきた。おそらく、そこまでのどこかで3Pに応じてもいいという気持ちが生まれたにちがいない。

ただ、頑なに拒絶していたので、加賀見に正面きってはいいにくかった。そこで考えたのではないか。顔を合わせない背面騎乗位なら、と。

加賀見がそんな推測を巡らせているうちに貴子が上体を前に倒し、その体勢で腰を律動させはじめた。

これ以上ない淫猥な光景が、加賀見の眼にまともも見える。まろやかな尻肉の間に肉棒を咥えた秘口があらわになって、腰の上下動に合わせて蜜壺が怒張をしごいているのだ。肉棒は女蜜にまみれている。

「ああン、気持ちいいッ……アアッ、もうイッちゃいそう……先生、わたしだけ、イッていい？」

貴子がうわごとをいうような、それでいてひどく艶めいた口調でいう。それに背中をまるめたり反らしたりしながら腰を遣っている。そうやって蜜壺で肉棒をしごいて快感を貪っているのだ。

見るからに貪欲さを感じさせる、その軀のいやらしい動きと、怒張をこすりたてる蜜壺に、加賀見も興奮と快感を煽られながらいった。

「どこが気持ちいいのか、貴子の好きなワイセツな言葉でいったら、イッてもいいよ」

「いやッ」

貴子がいった。拒絶ではないとわかる、色っぽい声だ。

「アアッ、××××、いいのッ」

昂った声でいうなり腰の律動を速めた。

貴子の泣くような声と肉同士が叩き合う鈍い音、それに濡れた音が重なる。

それがあたかもセックスの饗宴のはじまりを告げるシンバルの音のように、加賀見には聞こえてきた。

# 第四章　憧れの美人上司と

## 1

東京駅、ＪＲ山手線のホーム――。

加賀見は帰宅ラッシュの人込みの中にいた。新堂祥平も一緒だった。

貴子が３Ｐを受け入れた日の翌日、そのことを加賀見は電話で新堂に教えた。すると新堂は、「マジですか?!」と裏返ったような声で訊いてきた。「マジだよ」と加賀見が答えると、「信じられない」と当然のことながらひどく驚いているようすだった。

さらに翌日の夜、加賀見は例の行きつけのバーで新堂と会った。３Ｐの段取りを打ち合わせておくためだった。

その前に加賀見は、どうやって新堂を3Pに引き込むのがいいか、いろいろ考えてみて、ひとつのプランを立てていた。新堂と合ってそれを話すと、

「え?! いきなりそんなことをして大丈夫ですか。第一、うまくいきますか」

彼は驚き、心配そうに訊いてきた。

「大丈夫だ、彼女はもう了解しているんだから。きみさえやることをちゃんとやればうまくいくよ」

加賀見が事も無げにいうと、新堂はちょっと困惑したような表情を見せて、

「わかりました。ただ、柚木さん、手紙とか3Pとかで、もうぼくのことがわかってるからでしょうけど、役所でぼくと顔も眼も合わさないようにしているみたいなんです。それはぼくも同じで、柚木さんをまともに見られないんですけど、柚木さんがぼくのことをどう思ってるのか、それが心配です」

「それなら、ひとつはっきりしていることがある。彼女がきみのことを嫌悪してたら、3Pになんて応じないよ。そうじゃないか」

「それは、そうですね」

「あとは3Pの成否如何だよ。うまくいけば、きみと彼女の関係もうまくいく。

ま、がんばってくれたまえ」

「はい、がんばります」

新堂は気負って答えた。

その翌日だった。加賀見が貴子とのデートの約束を取り付けようとしているところへ、ちょうど彼女から電話がかかってきたのは。

「彼、当たり前でしょうけど、わたしのことをすごく意識してるみたいで、それにわたし自身、彼からいやらしい眼で見られてるみたいな気がして、仕事をしてても落ち着かなくて困ってるんです」

貴子も新堂と同じようなことをいって困惑を訴えた。

「3Pをすれば解消するよ。それもきみ自身が本気で楽しむつもりでね」

加賀見がそういうと、

「楽しむだなんて、楽しんでるのは先生でしょ」

ちょっとすねたような口調で貴子はいった。

貴子のいうとおりだ、と加賀見は思った。

そもそも加賀見と貴子の関係は、彼女のトラウマを解消するための痴漢プレイからはじまった。その効果のほどは、見ず知らずの男から痴漢されて忘れられなくなっていた刺戟や快感が、プレイとはいえそれを再体験することによって、いうなれば濾過されて、トラウマになる類のものではなくなった。

結果、そのぶん貴子はセックスに対して、といっても加賀見との関係においてだが、積極的かつ奔放になってきた。

加賀見はそう診ていた。

もはやふたりの関係は医師と患者のそれではない。貴子は加賀見のことを相変わらず「先生」と呼んでいるが、いまのふたりの関係をいうなら、恋人同士でも愛人関係でもなく、セックスパートナーというところだろう。

だから、貴子との関係に新堂という男がからんできたとき、加賀見としては3Pが頭に浮かんだのだ。3Pが楽しめれば、一石二鳥だった。

そのとき加賀見は自嘲まじりに思ったものだ。貴子が妻か恋人だったら、どうだろう。こうはいかなかったのじゃないか。いまの自分には、愛だの恋だのは面倒で厄介なものでしかない。女との関係は、セックスがすべてといっていい。精神科医でありながら、精神を病んでいるような有り様だけど、これはかりはしょうがない……。

「きましたよ！」

突然、新堂が声をひそめていった。緊張した声だった。

帰宅ラッシュの人込みの中をこちらに向かってきている貴子を、加賀見も認めていた。

貴子が顔色を変えた。加賀見と新堂を見たからだ。加賀見が素早く新堂を見ると、怯えたような表情で貴子に向かって小さく頭を下げた。

どういう手順で3Pをするか、加賀見は貴子に話してはいなかった。「そのほうがより刺戟的でいいんじゃないか」といっただけだった。

貴子は乗客の列に並んだ。ひどく硬い表情で、無理もないが明らかにうろたえている感じだった。

すぐに加賀見と新堂も貴子の後ろに並んだ。

一緒に痴漢プレイをしようと加賀見がいったとき、当然のことに新堂は驚き、信じられないというような顔をしたが、手紙の件が貴子に知られていること、そしてなにより彼女への熱い恋情があったからだろう。結局、加賀見の誘いに応じたのだ。

電車がホームに入ってきた。ドアが開いて降車客と乗車客が入れ替わる。

痴漢プレイをするのに都合のいい場所を、加賀見も貴子もすでに知っている。座席の端とドアの間のコーナーだ。

その場所にいって貴子は電車の外を向いた。加賀見と新堂はその後ろから彼女を挟むような格好に位置を占めた。そうするよう前もって加賀見が新堂にいっておいたのだ。

電車が東京駅を出た。いつものことながら車内は満員すし詰めの状態だった。貴子はうつむいている。斜め後方に立っている加賀見から、わずかに横顔が見えるが表情はよくわからない。ただ、心中を察すると、いろいろな感情が入り乱れてひどく動揺しているはずだ。そう思うと、軀にそれが現れて強張っているように見える。

この日も仕事帰りのため、貴子はスーツを着て、肩から大振りな黒革のバッグをかけていた。スーツの色はグレーで、スカートはタイトだった

痴漢行為が目的の加賀見と新堂は、ふたりとも手ぶらだった。

加賀見は新堂を見た。緊張しきっている顔を見て思わず笑いそうになりながら、彼の下腹部を見やった。早くもズボンの前が盛り上がっている。

無理もない、と加賀見は思った。若さのせいだけでなく、そうなるわけがあっ

たからだ。手紙の件で会ったあのとき、酒を飲みながら新堂に女関係について訊くと、彼は性欲の処理に不自由しているようすだった。

加賀見はまた新堂の顔を見た。『やるぞ』とうなずくと、まず加賀見が貴子のヒップに下腹部を押しつけた。

瞬間、貴子がハッと息を呑んだような気配を見せ、むちっとした尻肉をキュッと引き締めた。

ついで新堂も恐る恐るといった感じで貴子の尻に下腹部を当てる。

貴子がヒップをもじつかせる。左右の尻朶に男の強張りを感じているはずだ。

加賀見は貴子の尻に手を這わせた。スカート越しにまるみを撫でる。裾からそろりと手を入れ、ストッキングに包まれている太腿を撫で上げていく。

手にストッキングの切れ目が触れた。貴子はこれまでどおりガーターベルトをつけている。

加賀見は新堂を見て、顎を小さく振ってうながした。痴漢行為の段取りやどうするかなどおおよそのことは加賀見が新堂に教えていた。

新堂がそろそろ貴子のスカートの裾から手を入れる。緊張と興奮が入り混じったような強張った顔をしている。

すぐに驚きの表情に変わった。ガーターベルトに気づいたようだ。

ふたりの男が両側からスカートの中に手を入れているため、裾がヒップをかろうじて包むあたりまでずり上がっている。

それでも彼らが貴子を後方から挟むような格好で立っているので、周囲の眼をあまり気にする必要はない。

貴子はTバックショーツを穿いていた。加賀見と新堂の手が触れている、むちっとした〝生尻〟がキュッとしこったり、ヒクヒクふるえたりしている。

そのまるみを、加賀見は慎重に撫でまわした。それを察して新堂もそうしはじめたらしい。手が触れ合った。

貴子は尻をもじつかせている。うろたえている感じの動きだ。

加賀見は新堂を見た。緊張はどこへやら、興奮だけが貼りついたような顔をしている。憧れの女上司の〝生尻〟を触っているのだから当然といえば当然だ。

加賀見は貴子の尻側から股間に手を差し入れた。ギュッと鼠蹊部が手を締めつけてきた。だがすでに秘苑に触れている指の動きを拒むことはできない。

その指先は生々しい感触をとらえていた。Tバックの紐が食い込んで肉びらがはみ出ているのだ。

指先を紐の下に潜らせた。案の定、そこはもうビチョッとするほど濡れていた。

いつか加賀見が訊くと、貴子は彼と東京駅のホームで待ち合わせをすると、痴漢プレイへの期待でその前から濡れはじめているということだった。

加賀見は秘苑の状態を確認しただけで、手を引き揚げた。ついで新堂の手を取ると、貴子の尻の割れ目に導いた。

新堂の手が加賀見の手を離れ、貴子の股間に這っていく。加賀見が新堂の顔をうかがっていると、非常にわかりやすい変化を見せた。まず生々しい感触をとらえ、つぎに秘裂に触れて濡れているのを感知したらしい。緊張した顔つきが興奮した表情に、そして驚いたそれに変わったのだ。

痴漢行為の手順を新堂に教えたとき、加賀見は絶対にしてはいけないことを彼に警告しておいた。それは、強引な行為はしないこと、そして彼女の反応に細心の注意を払い、いやがったり感じすぎて我慢できなくなったりしているようすが見えたら、それ以上の行為はしないというものだった。

それを聞いているときの新堂は神妙な顔をしていたが、いまは興奮と驚きが入り混じったような表情をしている。

新堂が貴子の秘部に触れている指をどうしているのかわからないが、貴子は腰を微妙にうごめかせている。

新堂が興奮のあまり無理をしなければいいが……と思いながら、加賀見は手を貴子の前にまわして下腹部に這わせた。

貴子がハッとしたように顔を起こし、すぐまたうつむいた。

その動きによって、チラッとだが表情が加賀見の眼に入った。あわてたような表情だった。

加賀見はTバックショーツ越しに下腹部を撫で、ショーツの脇から手を挿し入れた。

貴子が腰をくねらせた。これまでで一番うろたえた感じだ。

加賀見は周囲を見まわした。第三者が貴子のスカートの中がどういう状態になっているかわかったら仰天するだろうが、幸い加賀見たちに不審な眼を向けている乗客はいなかった。

それを確かめてから加賀見は陰毛をまさぐり、秘裂に指を差し向けた。

ヌルッとした粘膜の上で指と指が触れて、新堂がびっくりしたような表情で加賀見を見た。

そういう触り方は打ち合わせずみで、新堂もわかっていたはずだが、それでも実際となると驚いたようだ。

そんな新堂に向かって、加賀見は小さくうなずいた。女芯に慎重に指を入れてみろ、という合図だった。

新堂が加賀見にうなずき返した。恐ろしく緊張した顔をしている。

加賀見はやや覗き込むようにして貴子の横顔を注視した。

すると、貴子が眉根を寄せて唇を喘がせた。新堂が指を挿入したらしい。その新堂は興奮しきった顔をしている。

加賀見は新堂の指を探った。彼の指は貴子の蜜壺に入っていた。それを確認した指で濡れている割れ目をなぞって、加賀見は肉芽をとらえた。

過敏な肉芽を触るのは、細心の注意を要する。油断していると、貴子の反応で痴漢行為が発覚する恐れがあるからだ。そのため蜜壺を新堂に任せ、加賀見が肉芽を触ることにしたのだが、コリッとした感触を伝えてきているそれを慎重に撫ではじめると、とたんに貴子の反応がそれまでとちがってきた。

貴子がクイクイと小刻みに腰を振る。といっても触っている加賀見にはわかるけれど、傍目にはわからない程度の動きだ。

加賀見と貴子の間では、これまでの痴漢プレイによって刺戟の程度や我慢の限界など、どのあたりまで可能か、わかり合っていた。いうなれば、ふたりの間の行為は、あうんの呼吸のそれでもあった。

ただ、この状況——膣に指を入れられてクリトリスを弄られる——は、貴子にとって初めてだった。

それだけに加賀見は貴子の反応を警戒した。

また覗き込むようにして顔を見ると、貴子は興奮が貼りついたような強張った表情をしていた。眼を見開いて下を見ているが、焦点が定まらない感じだ。そしてそうやって息を抑え声を殺しているのか、唇を開いたり閉じたりしている。

加賀見は新堂を見た。貴子の名器を感じているのか、彼は唖然としたような表情をしていたが、加賀見に向かって唇を動かした。『すごい!』といったようだった。

ところが貴子の腰の動きが徐々にたまらなさそうになってきていた。前後の律動だけでなく、ときおりグラインドするような動きもしている。

そうやって腰を動かしていると、ひとりでに男たちの指で肉芽と蜜壺がこすられて刺戟されることになるのだが、そうとわかっていてもじっとしていられないようだ。

……だとしたら、これ以上はヤバイ。

そう判断して加賀見は肉芽を弄るのはやめた。だがその瞬間、貴子がやや前屈みになったかと思うと、そのまま軀をわななかせた。

達したらしい。貴子が加賀見に軀を預けてきた。

加賀見はあわてて電車の外を見た。ちょうど渋谷駅のホームに入ったところだった。

加賀見は貴子の腕を取った。貴子は立っているのがやっとという感じだ。それを察したらしく、新堂も加賀見にならった。

電車が駅に着いてドアが開くと、加賀見と新堂は貴子を両脇から抱えるようにして降りた。

## 2

加賀見は新宿駅までいくつもりで西新宿のホテルを予約していた。

ところが痴漢プレイの成り行きで急遽、渋谷駅で電車を降りることになったため、タクシーでホテルに向かうことにした。もちろん、貴子と新堂も一緒に。

三人はタクシーの後部座席に貴子を真ん中にして座った。新堂が奥、加賀見が乗降用のドア側だった。

加賀見は運転手に行き先を告げた。渋谷駅で電車を降りてからここまで、加賀見が「タクシーでいこう」といった以外、三人の間で交わされた言葉はなかった。貴子も新堂も、言葉がないという心理状態にちがいない。ふたりとも硬い表情で押し黙ったまま、眼も合わさない――というより合わせられないようすだ。

タクシーが走りはじめてほどなく、加賀見は新堂にいった。

「新堂くん、彼女のバッグを持ってあげて」

え?!――というような顔を新堂がした。

貴子は黒い大振りなバッグを膝の上に置いていた。加賀見はそのバッグを持ち上げて新堂のほうに差し出した。新堂は怪訝な顔をしたまま、それを受け取った。どうしてそんなことをするのか、というような表情をしているのは新堂だけでなく、貴子もそうだった。

その貴子の表情が一変して、うろたえたそれになった。加賀見がタイトスカートから覗いている彼女の膝に手を這わせたからだ。

「スカートを腰の上まで引き上げてごらん」

加賀見は貴子の耳元で囁いた。

貴子が顔を引いて加賀見を見た。さきほど以上に狼狽したようすで、『いや』と眼で訴える。

それを加賀見は冷たく無視して、また耳元で囁いた。

「やるんだ。自分でしないなら俺がやるよ。でも拒んでると、運転手に怪しまれるぞ」

貴子はうつむいた。囁きが効いたか、両手をタイトスカートの裾にかけると、そろそろ引き上げていく。

加賀見が新堂を見ると、驚愕の表情で貴子の下半身を見ている。

運転手に気取られないようにしようとしてだろう。貴子は微妙に腰をうごめかせながらスカートを引き上げている。

加賀見は、うつむいている貴子の顔をうかがった。恥ずかしさに襲われると同時に内心ハラハラしながらも、マゾヒスティックな性感が生まれているのか、緊張もしているようだがそれ以上に興奮した表情をしている。

貴子がわずかに腰を浮かせるようにしてスカートを上げて、両手で下腹部を押さえた。

「隠すな。手をどけろ」

加賀見は貴子の耳元で小声で命じた。

貴子は両手を下腹部からおずおず離した。そのようすからして、どうやら加賀見が仕掛けている一連の行為を〝プレイ〟として受け止めたようだ。

セクシーな下着をつけた下半身があらわになった。

この日の貴子がつけているのは、肌色のストッキング以外はローズレッドのショーツとガーターベルトだ。ショーツはシースルーの布地に同色のバラの花の刺繍が施されていて、ストッキングは上部の十センチあまりがレースになっている。

そんな貴子の下半身に、新堂は興奮しきった顔つきで眼を奪われている。

タクシーは原宿をすぎたところだった。運転手が不審を感じているようすはない。加賀見は貴子の耳元で囁いた。

「脚を開いて」

貴子は恥ずかしさを噛み殺しているような表情を見せつつ、徐々に脚を開いていく。

股間がまる見えになった。ショーツに刺繍が施されていて、完全なシースルーではないため、ヘアが微妙に透けて見えている。

加賀見が新堂を見ると、固唾を呑んだようなようすで貴子の股間に見入っている。

その股間に、加賀見は手を這わせた。ショーツの脇から中に入れ、濃密なヘアを撫で、濡れている肉びらの間をまさぐった。

タクシーに乗る際、加賀見が最後に乗り込んだのは、こういうときに利き手の右手が使いやすいのを計算してのことだった。

ヌルヌルしている秘裂を指先でなぞりながら、加賀見は左手で貴子の手を取り、自分の股間に導いた。

うつむいて喘ぎそうになるのを必死にこらえているような表情をしていた貴子が、驚いたようすで加賀見を見た。だめ、というように怯えた顔を小さく振る。

加賀見は、つかんでいる貴子の手で自分のズボン越しに強張りを撫でさせながら、彼女の耳元で囁いた。

「挨拶がわりに新堂くんにも同じようにしてやれ。そうすれば三人が繋がることになる」

加賀見が貴子を見ると、驚きを通り越してか、唖然としたような顔をしている。

が、それも一瞬だった。すぐにうつむくと、秘裂をなぞりつづけている加賀見の指でかきたてられる快感を必死にこらえているような表情になって、貴子みずから加賀見の強張りを撫でながら、新堂側の手を彼の股間に伸ばしていく。

これにはそう命じた加賀見自身、驚いた。こんなにすんなり貴子が従うとは思わなかったのだ。それだけセックスを楽しむことに奔放になってきたということだろう。そう思うと、洗脳と調教の成果を見ているようで、わるい気はしなかった。

それよりも新堂の反応が尋常ではなかった。憧れの女上司に、加賀見よりも強張っているだろう分身をズボン越しに手で撫でまわされているのだ。驚く暇もなく、あわてふためいたような顔をしている。

タクシーは新宿駅南口を通りすぎて西新宿に入っていた。ホテルはもうすぐだった。

そのとき、ルームミラーを通して加賀見と運転手の眼が合った。これまで加賀見は警戒してときどきミラーを見ていたのだが、ここにきて初老の運転手はリアシートになにか異変を感じたのかもしれない。そんな顔をしている。

加賀見は運転手に向けて笑みを浮かべた。それをどう解釈したのか、運転手も笑みを返して前方を見た。

そんなことなど、加賀見の横のふたりにはまったく関係なかった。

貴子は小さく腰を律動させたりくねらせたりしながら、両手で加賀見と新堂の下腹部を撫でまわし、新堂は興奮しきった顔をして貴子の股間を凝視している。

それはまさに『三人が繋がっている』という図だった。

よく見ると、新堂のズボンの前は突き上がっている。それを撫でまわしている貴子のきれいな指が、加賀見にはたまらなくエロティックに見えた。ジェラシーという媚薬のせいだった。

3

ホテルの部屋はツインルームだった。

テーブルの上にシャンパンが差し込まれたアイスペールとグラスが三つ置いてあった。加賀見がオーダーしておいたものだった。

三人は部屋に入るまで一言も言葉を交わしていなかった。

「今日は最初からなかなかスリリングで刺戟的なプレイだったけど、まずは初顔合わせということで乾杯しよう」

そういって加賀見はシャンパンを開け、グラスに注いでいった。

加賀見にうながされて貴子と新堂もグラスを手にした。

「では、楽しい夜に……」

加賀見の音頭で三人はグラスを持ち上げると、口にした。

なんとも妙な雰囲気がただよっている。貴子と新堂の間にある、ぎくしゃくした感じのせいだった。

そのとき、新堂がグラスをテーブルの上に置いて姿勢を正したかと思うと、

「課長、申し訳ありません」

気負った口調で謝って、貴子に向かって頭を下げた。

「やめて、課長なんて。それに謝ってすむことだと思ってるの?」

貴子が叱りつけるようにいった。

「いえ、思ってません。ただ、ぼくは課長に、あ、いや、柚木さんによかれと思って、だけどその結果、ぼく自身、思ってもなかったことになってしまって……」

新堂はおどおどしていって、救いを求めるように加賀見を見た。

「逆にぼくに脅されて、３Ｐに誘われてＯＫしたっていいたいのかな」

　加賀見が笑って訊くと、

「あ、いえ、そういうわけでは……」

　新堂は困惑した表情でいう。

「だけどあなた自身、３Ｐをしてもいい、というよりしたいと思った。だからこうなったわけでしょ」

「え、ええ……」

　貴子の有無をいわせない口調に気押されたような感じで新堂が答える。

　さらに貴子が訊く。

「どうして３Ｐをしたいと思ったの？」

「え？　そ、それは、前からぼく、柚木さんに、あの、憧れてて、それで……」

　新堂はしどろもどろしていった。

「わたしとセックスできると思ったから？」

「すみません。正直いって、そうです」

　ずばりと訊いた貴子の眼に揶揄するような笑みがあるのを加賀見が感じていると、それに挑発されたか、新堂が開き直ったようにいった。

「いいね、新堂くん。官僚の答弁といえば、のらりくらり、うまく核心をかわすのが常だけど、潔くてよろしい」

加賀見は新堂に笑いかけていった。

「じゃあひとまず、新堂くんのことは彼女に任せることにしよう。ぼくは見てるから、新堂くんは潔く彼女のいうとおりにして、楽しませもらうといい」

新堂は怪訝な顔をしている。いわれている意味がわからないらしい。

「新堂くん、わたしも脱ぐから脱いで」

貴子がいった。声も表情も硬い。相手が初めての男で、しかも部下で、そのうえ彼女自身経験したことのない〝プレイ〟をしようとしているのだから、平静でいられるはずがない。

加賀見は椅子に座り、シャンパンを飲みながらふたりを見ていた。

貴子にうながされても新堂は躊躇するようすを見せていたが、彼女がスーツを脱ぎはじめると、緊張と興奮が入り混じったような表情で彼もそれにならった。

貴子が下着姿になった。ローズレッドのブラとショーツ、それに同色のガーターベルトに肌色のストッキングという格好だ。そして、黒い中ヒールのパンプスを履いている。

新堂も黒いボクサーパンツだけになった。貴子が脱ぐのをちらちら見ていたからその間に勃起したのだろう。早くもパンツの前は盛り上がっている。

「新堂くん、わたしに謝っていたわね？」

「はい」

貴子に訊かれて、新堂が聞き分けのいい子供のような返事をする。

「だったら、わたしのいうとおりにしなさい。いい？」

「いいですけど、どうするんですか」

貴子が初めて秘密めかした笑みを浮かべた。そして新堂が脱いだ衣類の中からネクタイを取り上げると、

「両手を後ろにまわしなさい」

と命じた。

「え?! なんで？ どういうことですか」

当然のことに新堂は戸惑って、貴子についで加賀見を見た。

加賀見は新堂に笑いかけていった。

「痴漢プレイにつづいて、これもプレイだよ。彼女、新堂くんに痴漢されたので、こんどは自分がきみを好きにしたいんだ。彼女と楽しみたいと思うなら、いわれ

たとおりにしたほうがいいよ」

「どうするの？」

貴子が訊く。

新堂は当惑したようすを見せながらも両手を後ろにまわした。

貴子が新堂の後ろにまわり、彼の両手首を交叉させてネクタイで縛っていく。

このプレイ——SMプレイでいうところの女王様とマゾ男のプレイを真似たもの——は、貴子がこうしたがったわけではなく、加賀見の発案だった。

3Pをすることになって、加賀見はやり方をいろいろ考えてみた。加賀見自身、3Pはこれまでに男2対女1と男1対女2の組み合わせの両方を経験していたが、相手はみんな、スワッピングなど複数プレイを楽しんでいる知人の紹介だったので、プレイの経験者だった。

その点、今回は加賀見以外の二人は初体験で、勝手がちがっていた。そこではじめから三人がからむか、最初は加賀見か新堂のどちらかが見物にまわって途中からからむかなど、あれこれ考えていたのだが、そのときふと思い浮かんだのが、この女王様とマゾ男のプレイを真似たものだった。

それというのも相手が若い新堂で、貴子の部下だということを考えると、彼女に主導権を与えたほうが彼女もやりやすいだろう。それにマゾッ気のある貴子に新堂をイジメさせたとき、彼女にどんな反応が現れるかも見ものだ。そう思った思ったからだ。

　そこで、このプレイを加賀見が貴子に持ちかけて、例を挙げてプレイの仕方を話すと彼女は興味を示し、その気になった。

「新堂くん、こうして縛られた経験は？」

　貴子が新堂の横に立って、手首を縛られている腕を撫でながら訊く。

　加賀見は驚いた。マゾッ気とサドッ気は表裏一体のようなところがあるとはよくいわれることだが、新堂を見る貴子の眼に、早くも嗜虐的といってもいいような妖しい光が見て取れたからだ。

「あるわけないじゃないですか。こんなことをして、どうするつもりなんですか」

　新堂が声をふるわせていった。屈辱を嚙み殺しているような表情をしている。

「じゃあ教えてあげるわ。いまからあなたはわたしの奴隷、わたしはあなたの女王様よ」

　貴子が毅然として宣告した。

「そんな！……柚木さん、マジでいってるんですか」

新堂は一瞬絶句し、信じられないという顔でいった。

「マジよ。あなたのここだって、冗談でこんなことになっているわけじゃないでしょ」

貴子が新堂のパンツの盛り上がりを指でなぞりながらいう。

「あ、そんな、だめですよ、やめてください」

新堂がうろたえて身をくねらせながら懇願する。

「あなた、わたしになにをしたと思ってるの？　ちゃんといってごらんなさい」

「すみません。いやらしいこと、しました」

「いやらしいことをしてるときも、こんなになってたんでしょ」

貴子の手の動きが熱をおびてきている。そのぶんパンツの盛り上がりは露骨になって、突き出している。

「そ、それは……」

新堂は声がうわずって、あとがつづかない。

「正直にいいなさい！」

いうなり貴子がパンツの膨らみをギュッと握った。

「アッ……そうです、すみません」

「どうなってたの？」

「……硬くなってました」

「勃起してたんでしょ」

「あ、はい」

「だったら、はっきりそういいなさいよ」

　パンツの膨らみを手で揉むようにしながら、貴子が命じる。すっかり女王様になりきって、新堂を見る眼つきや表情に、いままで加賀見が見たこともないサディスティックな輝きが現れている。

「はい、勃起してました」

　はっきり答えた新堂のほうは、もはや貴子のペースにはまって、まさに女王様に対する奴隷と化している。

「まったく、はしたない奴隷だこと。これはもうお仕置き以外にないわね」

　そういうと貴子は新堂の前にまわり、前屈みになって両手をパンツにかけて引き下げた。

　パンツから露出した怒張がブルッと大きく弾み、新堂の下腹部を叩いた。貴子が息を呑んだようなようすを見せて眼を見張った。

加賀見も思わず眼を見張っていた。新堂の分身が、勃ちのよさもさることながら、太さも長さも標準を超える、なかなかの一物だったからだ。

それに眼を奪われた貴子だが、それも一瞬のことで、女王様の威厳を保とうとしてか、怒張を無視するようにしてパンツを脱がすと、新堂にベッドに上がるよう命じた。

貴子は新堂をベッドに仰向けに寝かせると、その横に座って怒張を手にした。

「なんていやらしいペニスなの。勃ちっぱなしだけど、どうしてなの？」

手で肉棒をしごきながら訊く。

「そ、それは……柚木さんの、下着姿を見て……」

新堂がうろたえたようすとうわずった声でいう。

「柚木さんじゃないでしょ。いい直しなさい。わたしはだれ？」

「え？……あ、女王様です」

「で、あなたはわたしのなに？」

貴子の手は思わせぶりに動いて怒張をくすぐっている。それに一方の手は、指先で新堂の乳首を撫でている。

「ああ……奴隷です」

必死に快感をこらえているようすの新堂が苦しげに喘ぎ、答える。

「そうよ。奴隷なのに女王様の下着姿を見て、こんなになってるの？」

「すみません。あ、それ、だめです。我慢できなくなっちゃいます」

新堂が怯えていう。貴子の手が肉棒をしごきたてているのだ。

「許せないわ。わたしにワイセツなことをしたのも、こんなことになってるのも、いやらしいエキスが溜まりすぎてるからでしょ。絞り取ってあげるわ」

いうなり貴子は手の動きを速めた。

「そんな、だめッ、やめてッ、やめてくださいッ」

新堂はあわてふためいて悲鳴のような声をあげながら身をくねらせる。

だが貴子はやめない。それどころか責めたてるように怒張をしごく。その手元を凝視している彼女の眼は異様に輝き、表情は興奮しきって、息苦しいのか唇は半開きだ。

新堂の尿道口からカウパー氏腺液が流れ出て、亀頭がヌラヌラ光っている。

「だめッ、アアだめッ！」

呻くようにいったかと思うと、新堂が腰を突き上げた。ほとんど同時に貴子が怒張を押さえたため、腹部にビュッ、ビュッと勢いよく、たてつづけに白濁液が迸(ほとばし)った。

4

「すみません……」

貴子が腹部の精液をティッシュで拭き取ってやっていると、新堂は恥ずかしそうに謝った。

そこに加賀見もベッドに上がってきた。すでにボクサーパンツだけになっている。

「どうだね、新堂くん。いやらしいエキスを女王様に絞り取られた気分は」

仰向けに寝たままの新堂に、加賀見が笑いかけて訊く。

「ひどいじゃないですか。なにもいわないでいて、こんなことをするなんて」

新堂は憤慨していった。

「前もっていってたら、どうしてた？　『柚木課長が女王様なら、ぼくは喜んで奴隷になってお仕置きされます』といってたかね」

「そんな……冗談はやめてください」

「冗談をいってるんじゃない」

　そういって加賀見は新堂の上体を起こし、両手を縛っているネクタイをほどきながら、

「このプレイのことをいってたら、きみはきっといやがって拒否しただろう。だから彼女にだけ話して、きみには内緒にしてプレイをさせたんだ。結果はぼくの予想どおりだったよ。きみは憤慨しているようだけど、ぼくが見ていたかぎり、女王様が憧れの彼女だからだろうね、途中からはほぼ奴隷になりきって興奮していた。なによりしっかり勃起して射精したのが、そのいい証拠だ。ま、この場合は射精させられたというべきだろうが。ただその前には、ぼくが仕向けたとはいえ、きみは彼女に対して痴漢行為を働いた。で、こんどは彼女に射精させられた。つまり、おあいこ——これで、彼女ときみは対等の立場に立って3Pを楽しむことができる、というわけだ。さ、ここからはぼくとふたりがかりで彼女を歓ばせてやろうじゃないか。彼女もそれを期待しているはずだよ」

　加賀見の話を聞いていた新堂が貴子を見た。

「いいですか」

遠慮がちに訊く。

「いやァね。そんな訊き方されて、いいなんていえると思うの？」

貴子は苦笑してやんわりなじった。

「ですね。すみません、相手が柚木さんだとあがっちゃって」

新堂も苦笑いした。

「彼女の手コキで、すでに一回射精しててもかね？」

加賀見がからかう。

「ひどいなァ。もういじるのはやめてくださいよォ」

新堂が声のトーンを上げて懇願する。

貴子は加賀見と顔を見合わせて笑った。つられたように新堂も笑って、一気にこれまでにない打ち解けた雰囲気が生まれた。

「わかった。じゃあふたりして彼女をいじることにしよう」

そういうと加賀見は貴子の後ろにまわった。三人ともベッドの上に座っている。

加賀見は背後から貴子を抱くと、両手を前にまわしてブラ越しに乳房を揉んだ。

「ああ……」

貴子は喘いだ。電車やタクシーの中で痴漢行為を受けたのにつづき、新堂を嬲っているうちに貴子自身戸惑うような、はじめて経験する類の興奮をおぼえ、躯が感じやすい状態になっていた。そのため、乳房を揉まれただけで声をこらえられないほどの甘いうずきに襲われたのだ。

それに目の前には新堂がいて、興奮しきった表情で見ている。この異常な状況によって、貴子は気持ちも昂っていた。

加賀見がブラを外し取り去った。貴子が両手で胸を隠そうとすると、羽交い締めにしてそうさせず、

「ほら、憧れの彼女のオッパイだ。揉むなり吸うなり好きにしていいよ」

と新堂をけしかける。

「あ、はい。じゃあ……」

むき出しになっている乳房に眼を奪われていた新堂が、加賀見の言葉で我に返った感じでそういうと、ちらっと貴子の顔を見て、ドギマギしたような表情を浮かべたが、すぐにまた乳房を凝視して、にじり寄ってくる。

そんな新堂に、貴子はよけい恥ずかしさを煽られて動揺させられていた。そのせいで過敏になっていたらしい。新堂に乳房を触られたとたん感電でもしたかのように躯がヒクついて喘いでしまった。快感の感電だった。

そんな調子だから、新堂の両手で乳房を揉まれはじめると、抑えが効かなかった。貴子はきれぎれに喘ぎながら繰り返しのけぞり、脚を締めつけて腰をくねらせた。新堂がすぐ前にいて脚を伸ばすことができず、横座りになっているのだが、乳房に生まれる快感が下半身にまでひろがってきて、そうせずにはいられないのだった。

新堂が乳首を舐めまわす。乳首はとっくにしこっている。甘美なうずきをかきたてられて、貴子は泣き声になった。

「彼女はね、乳首がとても感じやすくて、噛まれるとイッちゃうんだよ」

加賀見がいった。新堂が顔を起こして、

「そうなんですか?!」

驚いて訊く。

「試してごらん」

「はい。じゃあ……」

加賀見にいわれて、新堂がそっと乳首を口に含んだ。顔をそむけている貴子は喘ぎそうになったが、なんとかこらえた。

ジワッと新堂が乳首を噛む。

「ウッ！……アアッ……」

　ゾクッとする快感に貴子は呻き、軀がふるえて喘いだ。

　新堂が驚いたような気配を見せて、乳首から歯を離した。すると貴子のほうは快感を中途で絶たれた感じになって、求めずにはいられない。

「ううん、もっとォ……」

　新堂がまた噛む。貴子の焦れったそうな求めに興奮を煽られたか、こんどは前よりも強めに。

「アウッ！　そう、いいッ」

　貴子はのけぞっていった。だがさらに強い刺戟が、強い快感がほしい。

「もっと、もっと強く！」

　新堂が貴子の要求どおり噛む。

　貴子は呻いて反り返った。強烈な快感のうずきが軀を突き抜けて、

「アアイクッ――！」

　軀のふるえとめまいに襲われながら達した。

　イッたそのとき、貴子の中で崩壊が起きた。まだわずかに残っていたふだんの柚木貴子が文字どおり崩れて落ちて、消し飛んでしまった。

「すごいですね」

貴子がアクメの余韻にひたって息を弾ませていると、新堂が加賀見に向かって興奮醒めやらないようすでいった。

「新堂くんもすごいじゃないか。若いとはいえ大変な回復力だね。ほら貴子、見てごらん。彼、またビンビンだよ」

加賀見にいわれて貴子は新堂の股間を見やった。その瞬間、熱くうずいている秘芯がヒクついて軀がふるえ、喘ぎそうになった。貴子の手で射精してまもないというのに、彼の分身はまたしても腹を叩かんばかりにいきり勃っているのだ。

そもそも新堂のペニスには、貴子は最初から驚かされ圧倒された。大きさにくわえてエレクトした状態の力強さに、そのときもいまと同じように反応してしまったが、それだけでなく頭がクラクラした。

ふと、貴子は思った。初めて経験する女王様と奴隷のプレイに、意外にすんなり入っていけたのは、彼の、このペニスで、めまいがするくらい興奮したせいかも……。

一瞬そんな思いにとらわれたとき、加賀見が両手で乳房を揉みながらいった。

「新堂くん、その状態だともう、憧れの彼女のショーツを脱がせたいだろ?」

「え？　はい！」

新堂が妙に気負って答えた。

「いいよ。彼女だって、もうそうされたいはずだから」

「そんな……」

加賀見に勝手なことをいわれて貴子は狼狽した。

「いいですか」

新堂が訊く。

「しらないッ」

思わずそういって顔をそむけた。

じゃあ――といって新堂がショーツに両手をかけた。神妙な、それでいて興奮した顔をして、ショーツを引き下ろしていく。

「いや」

小声でいって貴子は身悶えた。後ろから加賀見に羽交い締めのようにされているうえに貴子自身、この期に及んでもはや拒絶したり本気で抵抗したりすることはできない、そうするほうがおかしいという思いがあって、口先だけ形ばかりのことだった。

ただ、そう覚悟はしていても新堂にショーツを脱がされるのは、当惑と羞恥でいたたまれない。ショーツを抜き取られたとき、貴子は軀ばかりか頭の中まで熱くなっていた。

ところがさらなるパニックに襲われた。加賀見に両脚を抱えて開かれたのだ。

「いやッ、だめッ」

貴子はあわてて両手で股間を押さえた。

「手をどけて。どけないと、こんどは彼に手を縛ってもらうよ」

加賀見が脅す。

一瞬、貴子は、いっそそうされたほうがマシのような気がした。が、とっさに恥ずかしい格好と一緒に顔を見られたくないと思い、

「いやッ、見ないでッ」

といって両手で顔を覆った。カッと全身が火になって軀がふるえ、声もふるえていた。

「ほら新堂くん、憧れの彼女の×××だよ。念願叶って拝めた感想はどうだね？」

「夢みたいで、感動して、めっちゃ興奮してます」

あからさまなことをいって訊いた加賀見に、新堂がうわずった声で答えた。言葉どおり、興奮しきっているようだ。

「じゃあその感動と興奮を彼女にぶつけて、歓ばせてやるんだね」

「はい……」

新堂が神妙な感じの声でいった。

貴子は息を呑んだ。火のような羞恥に軀を射抜かれ、腰がヒクついた。新堂のものらしき手で秘唇を分けられたのだ。

「すごい！　柚木さんのここ、動いてますよ。まるで開いたり閉じたりしてる唇みたいに」

新堂が昂った声でいう。

「いや……」

貴子はそれだけいうのがやっとだった。それもうわずった小声にしかならなかった。

あからさまになっている秘苑が、しかも加賀見からいやらしさがあるといわれるそれが脳裏に浮かび、そこに新堂の視線が突き刺さってくるのを感じて、頭がクラクラして軀のふるえがとまらない。

「そう。彼女のそこは、なかなかの名器なんだよ。その名器をたっぷり味わいたかったら、その前にがんばって彼女をしっかり感じさせることだ。新堂くんのテクニックの見せどころだよ」

加賀見が新堂をけしかけるようにいう。

「はい、がんばります！」

いうなり新堂が貴子の秘苑に口をつけてきた。

「アッ――！」

貴子はのけぞった。同時に顔から両手を離して胸をかき抱き、顔をそむけた。

新堂の口を秘裂に感じただけで、強い快感のふるえに襲われてイキそうだった。男ふたりがかりの痴漢行為につづく3Pで、気持ちも軀も異様な興奮状態にあって過敏になっていたようだ。

事実、過敏になっていた。それを貴子はすぐに思い知らされた。

新堂の舌で肉芽をこねまわされはじめると、軀の芯からわきあがるような快感をかきたてられてたちまち抑えが利かなくなり、きれぎれに泣き声の喘ぎが口を突いて出る。

「気持ちよさそうだね。新堂くんのクンニ、すっかり気に入ったみたいじゃないか？」

加賀見が訊いてくる。

そのときふと、貴子の中に加賀見に対抗する気持ちが生まれた。加賀見の口調が妬ましそうに聞こえて、それにそそのかされるように、もっと妬かせてやりたいと思ったのだ。

そんな気持ちが生まれたことに貴子自身戸惑ったが、同時に興奮もした。

「だって、気持ちいいんですもの。ああン、たまンないッ、ああもう、もうイッちゃいそう……」

貴子はいった。加賀見に対抗する気持ちからだけでなく、本音でもあった。実際に新堂の舌でそこまで追い上げられていた。

貴子の言葉で勢いづいたように、新堂がさらに熱っぽく肉芽を舐めまわす。もう貴子はそれを我慢できなかった。

「アアだめッ、イッちゃう！」

ふるえ声でいうなりのけぞって、

「イクッ、イクイクッ――！」

めくるめく快感にふるえながら昇りつめていった。

# 5

ベッドの上に膝をついて立った新堂は、これから自分の身に起きようとしていることに固唾を呑み、息苦しいほど胸がときめいていた。

貴子をクンニリングスでイカせた瞬間、新堂の興奮は最高潮に達し、同時にペニスが痛いほどいきり勃った。その状態を保ったままのペニスはいま、仰角四十五度以上でそそり勃っている。

その肉棒に向かって、加賀見に命じられた貴子が四つん這いの格好で這い寄ってきているのだ。

貴子はここまでに新堂が見た中でもないほど興奮しきった表情になって、怒張を凝視している。

その凄艶な表情に新堂は圧倒されながらも、四つん這いのためウエストのくびれから尻のまるみが一際強調された裸身に、欲情をかきたてられていた。

それもただの欲情ではなかった。どう願っても叶えられなかったはずの、柚木貴子とのセックスを前にした、熱く激しい欲情だった。

貴子がすぐそばまできた。眼をつむると、四つん這いのまま、そっと亀頭に唇を触れ、舌を出してねっとりとからめる。

ゾクゾクする快感に、新堂は軀がふるえて喘ぎそうになる。かろうじて声をこらえていると、貴子の唇と舌が肉茎をなぞる。それにつれてヒクッ、ヒクッと怒張が跳ねて、「ああ」と貴子がせつなげな声を洩らした。

新堂はいまさらながら夢でも見ているようだった。自分のペニスを、あの柚木貴子が昂った表情で舐めまわしているのだ。それもローズレッドのガーターベルトと肌色のストッキングをつけただけの、全裸同然の姿で四つん這いになって。

「ああッ――」

思わず新堂は喘いだ。怒張が貴子に咥えられたのだ。

貴子が顔を振る。生温かい粘膜で肉茎がしごかれて、新堂はえもいわれぬ快感に襲われる。

「新堂くんどうだね、憧れの先輩におしゃぶりしてもらって」

貴子の後ろにいる加賀見が彼女の尻を両手で撫でまわしながら、笑いかけてきて訊く。

「夢みたいで、舞い上がっちゃってます」

新堂は本音をいった。

「そりゃあいい。彼女の名器の中に入ったら、もっと夢心地になっちゃうぞ」

「ううん……だめ……」

貴子が鼻声を洩らして身をくねらせ、怒張から口を離すとたまらなさそうにいった。加賀見の手の動きからすると、鋭敏な肉芽をいじるか、蜜壺を指でこねるかしているようだ。

だめといいながら、貴子はまた怒張を咥えてしごきはじめた。しかもせつなげな鼻声を洩らしながら、加賀見に嬲られて欲情を煽られたかのように、いままでよりも激しく――。

そんな貴子に新堂も興奮を煽られ、欲情をかきたてられた。

「貴子、新堂くんのデカチンがほしくて、もうたまらないんじゃないか」

加賀見が訊く。

貴子が怒張から口を離した。それを手でしごきながら、

「ええ、そう……」

昂った声で答える。

「じゃあ彼にお願いしてごらん。『新堂くん、このデカチンを後ろから入れ

て』って」

「そんな……」

加賀見の言い種には新堂も驚いたが、当然のことに貴子は恥辱のあまり絶句したようすだ。ところがその直後、新堂は耳を疑った。

「ああ、新堂くん、このデカチン、後ろから入れて」

貴子が手で怒張をしごきながら、それを凄艶な顔つきで凝視したまま、うわごとのようにいったのだ。

「ということだ、新堂くん。交替しよう」加賀見がそういって新堂のほうにくる。

一瞬啞然としていた新堂は、我に返って貴子の後ろにまわった。

「旬のデカチンと比べられると、いささか気が引けるけど、さ、ヴィンテージものも味わってもらおうか」

加賀見がおもしろいことをいって貴子の前にペニスを突き出した。すでに強張っているそれは、若い新堂のものほど力強くはなく、サイズも彼のものよりやや小さい。ただ、亀頭が新堂のそれよりもエラを張って大きく、そこだけは赤紫色だがほかは黒褐色なので、全体的に凄味がある。

その強張りに貴子が口をつけて舌をからめていくのを見て、新堂は彼女の尻に視線を向けた。

むっちりとしたふたつのまるみの間に、貴子の尻側から見る秘苑があからさまになっている。まず新堂の眼を引いたのは、褐色の、菊の花びらのようなアヌスだ。新堂の視線を感じてか、そのすぼまりがまるでエロティックなイキモノのように収縮と弛緩を繰り返している。

アヌスのすぐ下に肉びらがわずかに口を開けていて、その間に覗き見えているサーモンピンクの粘膜は濡れ光っている。しかも微妙に収縮したり弛緩したりしている。アヌスの収縮と弛緩に連動しているのだ。

そんな煽情的な眺めを前にして、新堂は興奮で軀がふるえそうになりながら怒張を手にすると、亀頭で肉びらの間をまさぐった。

「うふん……」

加賀見のものを咥えている貴子が鼻声を洩らして腰をくねらせる。どこかもどかしそうな感じの声と腰の動きだ。

新堂は、充分すぎるほど濡れてヌルヌルしている割れ目をこすった亀頭を秘口にあてがうと、押し入った。ヌルッと怒張が滑り込むと、

「アウッ——!」

貴子が呻くような声を発してのけぞった。

キュッと、秘口が怒張を締めつけてくる。そしてふっと、締めつけが解けた。

新堂はゆっくり貴子を貫いた。奥まで押し入ると、

「アアーッ!」

貴子が感じ入ったような声を放って、ブルブル軀をふるわせた。

「彼女、よほどほしかったんだな。一突きでイッたようだよ」

加賀見が新堂に笑いかけてきていった。

新堂は腰を遣った。肉棒の抽送に合わせて貴子が泣くような声を洩らす。

――あのK省きってのやり手の柚木貴子が、官能的に熟れた軀にガーターベルトとストッキングをつけただけの格好で四つん這いになり、前からは加賀見の怒張を咥えさせられ、後ろからは新堂に突きたてられている!

こんなカラミは、3Pを想像しているとき新堂自身、頭に浮かんできたものだが、想像と実際とでは当然のことに刺戟も興奮もその強さは比較にならなかった。それに、柚木課長をよがらせている!――そう思うと、ますます興奮した。そればかりか、イキまくらせてやろう、という意欲がわいてきた。

一回射精しているし、まだまだ我慢が利く。我慢できなくなって射精しても、

つづけてやれる自信はある……。

腰を遣いながらそう思っていると、「新堂くん」と加賀見がいった。

「ほかにも体位を変えてしたいだろう。ぼくは見物させてもらうから、彼女とふたりで楽しむといい」

加賀見はベッドから下りると椅子に座った。シャンペンを飲みながら、こっちを見る。

新堂は照れた。が、それも一瞬だった。貴子の〝手コキ〟で射精させられて、すでに加賀見には恥ずかしいところを見られている。すぐに開き直る気持ちが生まれて、貴子を仰向けに寝かせた。

向き合って貴子を貫く。そう思うと、体位を変えただけで新たな刺戟と興奮をおぼえる。

しかも貴子は恥ずかしそうに顔をそむけているものの、表情は昂っているだけでなく、どう見ても新堂の怒張を入れられるのを期待して胸をときめかせている感じだ。

新堂は貴子の両脚の間に腰を入れた。いきり勃っている肉茎を手にすると、濃いめの陰毛のせいでいやらしく見えてそのぶん欲情をそそる肉びらを亀頭でなぞり、合わせ目をまさぐった。

「あぁッ……ううン……」

貴子が悩ましい表情を浮かべて、もどかしそうな声を洩らして腰をうねらせる。

新堂が女蜜にまみれてヌルヌルしている割れ目を亀頭でこすっているからだ。

「入れますよ」

いうと、貴子は緊張したような表情になって、ウンウンうなずき返す。

新堂がなおもクレバスを嬲っていると、

「アアン、だめッ……きてッ！」

貴子が焦れったそうに腰を振りたて、両手を伸ばして求める。

新堂に焦らすつもりはなかった。貴子の反応に煽られてそうしていただけだったが、求められてますます興奮して欲が出た。

「入れてほしいんですか」

過敏な肉芽を亀頭でこねながら訊くと、憧れの女上司は、

「アアだめッ、アアン、入れてッ」

切迫した表情で腰を揺すりたてて求める。

新堂はカッと頭の中が熱くなった。亀頭を秘口にあてがうと押し入った。

ヌルーッと肉棒が蜜壷に滑り込む。貴子が苦悶の表情を浮かべてのけぞって、感じ入ったような喘ぎ声を洩らした。

新堂は肉棒を抽送した。それに合わせて貴子が新堂の耳をくすぐるような喘ぎ声を洩らす。

新堂は貴子に軀を重ねていくと、耳元で囁いた。

「課長、気持ちいいですか」

「いやッ」

貴子がいった。課長といわれたことへの拒絶反応らしい。貴子の耳元に口を寄せている新堂には、彼女の表情はわからない。

そのまま、新堂は加賀見を見やった。新堂の貴子への囁きは加賀見には聞こえなかったはずで、そのせいだろう。加賀見は怪訝な表情でこっちを見ている。

新堂は腰を遣いながら、顔を上げて貴子を見た。いやがったにしては昂った顔をしている。もっとも新堂が肉棒を抜き挿ししているからだろうが、貴子のその表情に誘われて新堂はキスにいった。

拒まれるかもしれないと思ったが、意外にも貴子は当たり前のように新堂の唇を受けた。それればかりか、新堂が舌を入れると、それもすんなり許し、さらに彼が舌をからめていくと、貴子もからめ返してきた。しかも肉棒を抽送されている快感のたまらなさを訴えるように、せつなげな鼻声をもらしながらねっとりと舌をからめてくるのだ。

新堂は興奮と欲情を煽られて、また貴子の耳元で囁いた。

「課長の×××、めっちゃ気持ちいいですよ、最高ですよ。ぼくのペニス、どうです？」

「新堂くんのペニスも、すごいわッ、気持ちいいわッ……アアッ、もっと、もっとして、狂わせてッ」

貴子が新堂に抱きつき、息せききって昂った声でいう。

一気になりふりかまわなくなったような反応に、新堂は驚いて貴子を見た。

思わず新堂が息を呑んだほど凄艶な表情で、貴子は加賀見を見ていた。それがどういうことか、若い新堂にもすぐにわかった。加賀見に狂態を見せつけ、そうすることで貴子自身も興奮しているのだ。

つづいて新堂は加賀見を見た。貴子の反応に加賀見も驚いたらしく、真剣な表情で彼女を見ていたが、すぐにふっと笑って、

「さあ、熟女の軀に火をつけてしまった新堂くんの責任は重大だぞ。ほら、がん

ばれ！」

新堂に発破をかけ、けしかける。

加賀見に笑い返すと、新堂は貴子にいった。

「課長、加賀見さんに思いっきり見せつけてやりましょう」

「いいわ、そうしましょ」

貴子はそういうと女芯で怒張をキュッと締めつけ、ついで新堂をうながすように腰をうねらせた。

# 第五章　六年ぶりに見る軀

## 1

「じゃあ乾杯しよう」

加賀見はワイングラスを手にしていった。

「なんていえばいいの？」

元妻の菜緒が小首を傾げ、笑みを浮かべて訊く。

「そうだね。元夫婦が久しぶりに逢ったんだから、なにか気の利いた名目があってもいいいな」

「元夫婦の初デートに、とか」

「ああ、それいいな。なんでも初のつくものは新鮮でいい。じゃあ、元夫婦の初デートに……」

加賀見がそういってグラスを持ち上げると、菜緒もならってふたりはグラスを合わせ、ワインを飲んだ。

ここは、ふたりが先日偶然ロビーで出会ったのと同じホテルの中にあるイタリアンレストランだった。

先日約束した食事のことで、加賀見が菜緒に電話をして都合を訊くと、「今週の金曜日に校了するから土曜日なら」というのでこの日、土曜日の夜になったのだ。

「でも新鮮かしら、わたしたちのデート」

菜緒がつぶやくようにいって加賀見を見た。揶揄するような眼の色だ。

「新鮮だよ、少なくとも俺にとっては。なぜだかわかるか」

「なぜ？」

「それはだね、元妻がこんなにも魅力的だったのかって見直したからだよ」

菜緒は呆れたというような顔をした。そして、加賀見を色っぽく睨むと、

「それって、妻じゃなくなった女を一人の女として見たら、そう錯覚したってこ

とでしょ」

「男と女のすべては錯覚からはじまる、という言い方もある。これが錯覚だとしてもわるくないんじゃないか」

加賀見が応酬すると、

「なにかがはじまるのかしら」

菜緒は謎めかした笑みを浮かべていった。見方によっては加賀見の胸のうちを見透かしているようにも、菜緒自身なにかがはじまるのを期待しているようにも取れる笑みだ。

そこに料理が運ばれてきて、加賀見はいいかけてやめた。

じつはこの夜、加賀見は菜緒を口説こうと思っていたのだ。うまくいったときのために、前もってこのホテルにチェックインしていた。

加賀見と菜緒の結婚生活は十年あまりつづき、六年ほど前に離婚した。

離婚してからここまで、加賀見はときおり娘の李菜とは会っているが、菜緒とは三年前の李菜の誕生日以来顔を合わせていなかった。だから先日ホテルのロビーで偶然出会ったのは、三年ぶりだった。

ただ、加賀見は折に触れて菜緒のことを思い出していた。加賀見自身、菜緒のことがきらいになって離婚したわけではなかったからだ。離婚の原因は、加賀見の浮気癖だった。

料理がきてからの会話は、おたがいの仕事のことや娘のことになった。そうなると、会話の流れを色っぽい方向に軌道修正するのはなかなかむずかしい。

加賀見は無理にそうするのはあきらめ、それができるタイミングを待つことにして、真面目な話に付き合った。

この日の菜緒は、カジュアルな感じのツーピースを着ていた。

もともとプロポーションはいい。といっても加賀見が知っている菜緒の軀は、六年ほど前、三十六歳のときの軀だ。いまもその当時のままのプロポーションを保っているかどうかはわからない。ただ、スーツの上から見るかぎり、あまり変化はないようだ。

それよりもプロポーションはともかく、四十二歳になったいま、軀はもっと熟れて、ますます色っぽくなっているのではないか。

真面目な話をしながら、加賀見は不謹慎にも元妻のスーツの下の裸身を想像していた。

料理を食べ終わると、加賀見は菜緒をホテルのバーに誘った。菜緒はアルコールはイケる口だ。加賀見の誘いにすんなり応じた。

そのとき加賀見はふと、菜緒からここまでなかった感じを受けた。

元夫婦とはいえ、そこには別れてからの不明な年月によってバリアのようなものが生まれる、とこれは加賀見が思っていたことだが、それが菜緒から消えているように感じられたのだ。

もっともこの日は土曜日で、ふたりとも明日は仕事が休みだった。そこからくる解放感やワインの快い酔いのせいかもしれなかった。

ともあれ、いずれにしても加賀見にとっては好ましいことだった。

ふたりはバーのカウンターの椅子に並んで座っていた。

「元夫婦がこうしてバーで飲むってのも、新鮮でいいもんだな」

「ずいぶん新鮮にこだわるのね」

菜緒が揶揄するような笑みを浮かべていう。

「そう。元妻の魅力を再確認した結果だからね。それをきみは錯覚だといったけど、そうとばかりはいえないんじゃないか。別れたからこそ、わかるってこともある。錯覚じゃなく事実がね」

加賀見がいうのを、菜緒は表情を変えず前を向いて聞いている。

そのときふたりの前に注文した酒が置かれた。加賀見はバーボンの水割り、菜緒はハイボールだった。

ふたりは黙って顔を見合わせると、グラスを合わせた。

バーボンの水割りを一口飲むと、加賀見は手にしているグラスを見つめたままいった。

「ぼくはずっと、菜緒がいい相手と出会って幸せになってくれることを願っていた。それはいまも変わらない。……ただ、本音をいえば、いい相手に対して嫉妬する気持ちがないわけではない。それこそ勝手な未練だけどね」

最後は苦笑して見ると、菜緒も手にしたグラスを見つめていた。

「いい相手って、そうそういるわけじゃないわ」

つぶやくように菜緒がいった。さきほどからほとんど無表情のままだ。

「いま付き合っている相手は?」

加賀見は訊いた。

「いないわ」

「前はいた?」

「ええ」

元妻がどんな男と付き合っていたのか、加賀見は気になった。興味とかるい嫉妬からだった。だがそれを詮索することはできなかった。そんなことをすれば、菜緒が気をわるくするに決まっていた。

それより加賀見は思った。菜緒はセックスがきらいではない。どちらかといえば好きなほうだった。感度にも恵まれていたし、歓びも充分知っていた。しかも軀は熟れきっている。それで男がいなくても平気なのだろうか。

以前関係があった女がいっていたのを、加賀見は思い出した。

『わたしの場合、セックスって、癖になるみたいなところがあるの。セックスレスがつづいてるときはしなきゃしないですんでたのに、いちどしちゃうと、こんどはしないではいられなくなっちゃうのよ』

彼女も熟女という年齢で、加賀見と関係を持ったのが久々のセックスだった。結果、それで癖になり、加賀見のほうがタジタジとさせられる羽目になった。

どうやらセックスレスらしい菜緒も、いまはしなければしないでもすむ状態にあるのかもしれない。

そんなことを思っているうちに、ふたりのグラスが空いていた。

加賀見はふと、最初に貴子とバーで飲んだときのことを思い出して、菜緒にモ

ヒートをすすめてみた。カクテルが好きな菜緒は、モヒートはもちろん知ってい
て、加賀見も口直しに彼女と一緒にモヒートを注文することにした。

ミントのグリーンが鮮やかなカクテルがふたりの前に置かれると、加賀見は貴
子のときと同じようにモヒートの語源について菜緒にも話した。

「魔法とか魔術とかにかけて、どうしようと思ってるの？」

菜緒はモヒートを一口飲むと、加賀見に笑いかけてきて訊いた。アルコールの
酔いのせいもあってか、艶かしい、それに冴えた、きれいな表情をしている。

加賀見は真顔で答えた。

「元妻をたらし込んで、モノにしようと思ってる」

ぷっと菜緒は吹き出した。

「なによ、その時代がかった言い方」

可笑しそうに笑っていう。

「それにモノにしようだなんて、初めての相手に対していうことでしょ」

「六年も経ってるんだ、初めてみたいなものだよ。ちがうか」

「それはそうだけど、でも……」

菜緒は口ごもった。

「でもなんだ？」

「あなたがいうとおり、初めてみたいなものだからかしら、変なの。変な緊張とか恥ずかしさとかあって……」

うつむいていう。それまでとは表情が一変して硬いが、それでいて昂りの色がある。

「だからいいんだよ。どうしてだかわかるか」

加賀見はまた同じような訊き方をした。

「新鮮だから？」

菜緒が訊き返す。

「そう」

と加賀見がいって、ふたりは笑い合った。

2

元夫婦が六年ぶりにホテルの一室でふたりきりになる——という状況に、加賀見はいままでにない類の胸のときめきをおぼえていた。

おそらく、菜緒も加賀見と似たような気持ちだっただろう。

ベッドのそばで向き合うと、加賀見は菜緒を抱き寄せた。

バーでいっていたとおり、変な緊張と恥ずかしさがあるのか、菜緒がわずかに軀を硬くしたのがわかった。

それでも加賀見がキスにいくと、すんなり受け止めた。加賀見は覚えのある感触を確かめるべく、唇と唇を触れ合わせると、舌を差し入れた。

菜緒の舌にからめる。おずおずと菜緒も舌をからめてきた。

キスをつづけながら加賀見は菜緒の上着を脱がせ、ツインベッドの片方の上に放り投げた。ついで自分のジャケットも取ってそうすると、両手で菜緒の腰を撫で、ヒップを抱えた。

心なしか、別れる前よりも尻の量感が増しているような気がする。タイトスカート越しに感じる、そのむちっとした尻肉に欲情を煽られて、加賀見は両手で揉んだ。

「ううん……」

菜緒がせつなげな鼻声を洩らしてキュッ、キュッと尻肉をしこらせながら腰をもじつかせる。同時に舌を熱っぽく加賀見の舌にからめてくる。

それに応じながら加賀見は両手で菜緒のヒップを引き寄せて揉みたて、下腹部を彼女にグイグイ押しつけた。

「うふん……ふうん……」

菜緒が一段とせつなげな鼻声を洩らしてたまらなさそうに身をくねらせる。

加賀見が予想したとおりの反応だった。セックスレスの状態にあるとしたら、勃起したペニスの感触に弱いはずだ。そう想って、すでに強張っている分身を菜緒の下腹部に押しつけたのだ。

菜緒はキスをつづけられなくなったらしく、唇を離した。息を乱し、昂った表情をしている。

加賀見はスカートの裾から手を入れた。ストッキングに包まれた太腿を撫で上げると、さらにパンストの上端からショーツの中に差し入れた。

「そんな、だめよ」

菜緒はうろたえたようにいって腰を振った。が、本気で拒むようすはない。手に触れている陰毛に、加賀見は妙に新鮮な興奮をおぼえた。その下をまさぐると、ヌチャッとした粘膜が指に触れた。

「もうすごいことになってるぞ。久しぶりだからじゃないか」

「いや」

菜緒はうつむいて恥ずかしそうな声を洩らした。

「恥ずかしがることはないよ。ぼくだって、もうこんなになってる」

いうなり加賀見は菜緒の手を取って自分の股間に導き、強張りに触れさせた。

「歳のせいかな、このところパワーダウンしてたんだけど、元妻の魅力のおかげで珍しくアップしたみたいだよ」

パワーダウンはあながちウソでもないが、調子のいいことをいいながら菜緒の手を強張りにこすりつけていると、

「パワーダウンなんて、遊びすぎのせいで、自業自得でしょ」

菜緒はなじりながらも自分から強張りを撫でまわし、それを見るからに欲情した表情で凝視している。

「どうする？　自分で脱ぐ？　それともぼくに脱がさせてくれる？」

加賀見は訊いた。

「いやらしい脱がせ方をしようと思ってるんでしょ。自分で脱ぐわ」

菜緒は加賀見を色っぽく睨んでいうと、背中を向けて脱ぎはじめた。

それを見ながら加賀見もシャツのボタンを外していく。

加賀見が着ているものを手早く脱いでボクサーパンツだけになると、菜緒はパンストを下ろしている。あとはブラとショーツだけだ。

この成り行きを考えれば、菜緒自身こうなることを想定していたはずで、身につけている下着は、いわゆる〝勝負下着〟だろう。見たところその下着は高級品のようだが、オーソドックスなデザインで、際どいものではない。ただ、ヒップを完全に包んでいるショーツは、中央に二等辺三角形を逆さにした形状の白いレースの部分があって、ほかは濃紺のシースルーだ。そのため、尻のまるみは透けて見えているが割れ目は見えない。

おそらく、前のほうはブラカップの中央に、そしてショーツはヒップ側と同じような形状に白いレースが入っているのだろう。

そう想いながら加賀見が菜緒を向き直らせると、そのとおりだった。

「おしゃれでセクシーな下着だな。菜緒に似合ってるよ。それに軀が前よりも色っぽくなったんじゃないか」

下着姿を上から下へ見ていうと、

「いやだわ、恥ずかしいからそんなに見ないで。よけいな脂肪がついただけよ」

言葉どおり、菜緒は恥ずかしそうに身をくねらせる。

「ほどよい脂肪が、熟女ならではの色気を醸しだすんだよ」

いって加賀見はまた菜緒を抱き寄せた。菜緒は小さく喘いだ。

最初に服を着たまま抱き合ったのと、全裸同然でそうしているのとでは、当然のことに感じがまるでちがう。元妻の熟れた軀をナマで感じていると、加賀見は強張りがさらに漲るのをおぼえた。

菜緒も同じように感じているのか、じっとしていられないようすで身じろいでいる。

そのまま、加賀見がキスをすると、驚いたことに彼の舌を待っていたように艶かしい鼻声を洩らして菜緒のほうから熱っぽく舌をからめてきた。

それればかりか、身をくねらせて加賀見の強張りに下腹部をこすりつけてくる。

加賀見は胸をときめかせながら思った。

相当、欲求不満が溜まっていて、欲情が抑えられないようだ。この調子だと、菜緒のいままでにない一面を見られるかもしれない。それも、もっとセックスを楽しもうとする積極性とか貪欲さとかが……。

そのとき、菜緒が唇を離した。

「ああ、もう立ってられない……」

発情したような表情でいう。興奮が脚にまできているようだ。

「じゃあベッドにいって、いやらしくショーツを脱がしてやろう」

加賀見が笑いかけていうと、それに対して菜緒はなにもいわず、挑発するかのような凄艶な眼つきで加賀見を見返した。

菜緒がこんな反応を見せることも、いままでにはなかったことだ。加賀見はまたま胸をときめかせながら菜緒をベッドに上げると、仰向けに寝かせた。

添い寝する格好で、胸を隠している腕をどけると、菜緒はされるがままになって顔をそむけた。緊張と興奮が入り混じったような表情をしている。

大きく喘いでいる乳房は、ほどよい量感をたたえてきれいな形をしている。その頂きの熟れた乳首が、懐かしさと一緒に加賀見の欲情をそそった。

手で片方の乳房を愛撫しながら、一方の乳首に舌を這わせてこねまわす。

菜緒は極力声を殺すタイプだったが、早々に抑えられなくなったらしい。悩ましい表情を浮かべた顔を繰り返しのけぞらせて、泣くような喘ぎ声を洩らす。

乳房を嬲りながら加賀見が見ていると、たまらなさそうに腰をもじつかせたり両脚をすり合わせたりしている。

その色っぽい腰と脚の動きに欲情をそそられて、加賀見は両手で元妻の裸身をなぞりながら下方に移動した。

官能的なひろがりを見せている腰にフィットしている、おしゃれでセクシーなショーツ。菜緒の恥丘は俗にいう〝土手高〟で、ショーツの白いレースがこんもりと盛り上がっている。

その盛り上がりを、加賀見は手に包んで愛撫した。エロティックな感触に強張りが甘くうずく。菜緒が喘いで腰をくねらせる。見ると、両腕を胸の上で交叉させ、顔を横に向けて悩ましい表情を浮かべている。

加賀見はショーツに両手をかけた。脱がすことそれ自体を愉しみながら、ゆっくり下ろしていってショーツを取り去ると、膝を立てた格好にして菜緒の脚を開いた。

「アァッ……」

菜緒は昂った喘ぎ声を洩らしただけで、膝をふるわせているが脚は開いたままにしている。

この反応にも加賀見は驚いた。加賀見の知っている菜緒だったら、こういうときは本気でいやがってないにしても「いや」とか「だめ」とか「そんなァ」とかいうはずだった。

だが横を向いている菜緒の顔を見て、その理由がわかった。眼をつむっていても興奮の色が浮きたっている。言葉を口にするよりも欲情のほうが勝っていたのだ。

菜緒の陰毛は濃くも薄くもない。つまり程々の量で、ただ黒々と艶があり、毛質はやや硬めだ。それが〝土手高〟の丘にほぼ逆三角形の形状に生えている。

その陰毛を、加賀見は手で撫で上げた。薄い唇を想わせる二枚の赤褐色の肉びらがあらわになった。

加賀見は両手で肉びらを分けた。菜緒がまた昂った喘ぎ声を洩らして腰をヒクつかせた。

あからさまになった秘粘膜は、女蜜にまみれて濡れ光っている。

そのとき不意に菜緒と関係があった見知らぬ男が脳裏に浮かんできて、加賀見は嫉妬をおぼえた。気持ちを掻き乱されるような嫉妬ではなく、逆に刺戟されて興奮を煽られるようなそれだった。

その見知らぬ男もこうしただろうと想って、そんな興奮をおぼえながら加賀見は元妻の秘粘膜に口をつけた。

「アンッ――！」

菜緒はふるえ声を放って腰を跳ね上げた。

加賀見は舌先で過敏な肉芽をめくり出してこねた。菜緒はすぐに抑えた感じの泣き声をきれぎれに洩らしはじめた。

クンニリングスのとき、元妻がどこをどうされたら感じやすいか、六年経っても加賀見はちゃんと覚えていた。

菜緒の場合、はじめは肉芽全体を舌でなぞり、肉芽のしこり具合を見てこねたり弾いたりして、ときには肉芽を吸いたててそうしたりする。そして、イク気配を察知したら、肉芽の右側面を舌でこすりたててやる。毎回このとおりというわけではないが、最後は必ずといってほどこれでオルガスムスに達する。

それを思い出しながら加賀見が舌を遣っていると、菜緒はまさに打てば響くような反応を見せて、

「アアッ、あなた、イクッ、もうだめッ、イッちゃう!」

と絶頂を訴え、加賀見がオルガスムス・ポイントを攻めたてると、

「ああイクッ、イクイクッ、イクーッ!」

よがり泣きながらのけぞって、軀をわななかせる。

加賀見は菜緒に覆い被さっていくと、故意に怒張を彼女の下腹部に押しつけて

抱きしめた。

「ああイクッ――！」

昂った声でいって菜緒はまた軀をふるわせる。これがある意味、菜緒の癖だった。

「久しぶりに菜緒のイキ顔を見ることができた。イクときの顔もいいけど、イッたあとのいまの顔はもっと色っぽくて、それにきれいだよ」

オルガスムスの快感に酔いしれているような表情で息を弾ませている元妻の顔を覗き込んで加賀見がいうと、

「いや」

と、菜緒は照れたような笑みを浮かべた。そして、これまた加賀見を驚かせる行為を見せた。彼の下腹部に手を差し入れてきて、怒張をつかんだのだ。

加賀見は仰向けた寝ると、上になってシックスナインの体勢を取るよう菜緒をうながした。

果たして菜緒はいやがることなく、加賀見のいうとおりにした。それというのも結婚していたときは、いまのような自分が上になってのシックスナインをいやがっていたからだ。

十年あまりの結婚生活でシックスナインは数えきれないほどしていたが、菜緒が上になったのはほんの数回で、それもいやいやだった。

どういうのか菜緒には加賀見も解せないところがあって、シックスナインのほかにもう一つあった。後背位をいやがるのだ。

そのため、女とセックスにかけては人後に落ちない加賀見にして菜緒と後背位で交わったのは、これまた数回しかなかった。

加賀見はもちろん、その理由を菜緒に訊いた。すると菜緒は「なんだかいやなの」というだけで、はっきりしたことはいわかったが、加賀見が察するところ、どうも四つん這いになることに抵抗があるらしかった。

なぜ抵抗があるのか、ふつうに考えれば自尊心が傷つくからということだろうが、菜緒は特にプライドが高いわけでもない。それになによりセックスはどちらかといえば好きなほうだ。

そう考えると、精神科医にしてもわけがわからない。

もっとも心の問題は、すべて説明がつくわけではない。この菜緒のシックスナインと後背位のことについても、加賀見はそう思っていた。

ただ、躊躇することもなく女上位のシックスナインの体勢を取ったいまの菜緒の気持ちは、およそ理解できた。六年という歳月の間の菜緒自身の経験と、いま抱えているはずの欲求不満が大きく関与していると考えてまちがいないだろう。

……だとすれば、後背位も期待できるかもしれない。

顔の真上にあらわになっている菜緒の秘苑を見て加賀見がそう思っていると、肉茎に舌がからんできた。

元妻が怒張を舐めまわす。久々に感じるその快感を味わいながら、加賀見も両手で肉びらを分けて口をつけると、硬い尖りと化している肉芽を舌でこねた。

加賀見の舌の動きに呼応したように菜緒が肉茎を咥え、せつなげな鼻声を洩らしてしごく。手は加賀見の陰のうをくすぐるように撫でまわしている。加賀見が教えたテクニックだった。

加賀見は舌を遣いながら、すぐ上のアヌスを見た。褐色のすぼまりが収縮と弛緩を繰り返している。そして、それに連動して加賀見の鼻先が密着している秘口も同じ動きをしている。

肉茎をしごいている菜緒の口腔の動きが速まった。きれぎれに泣くような鼻声を洩らしている。

イク前兆だった。加賀見は絶頂に追い上げるべく舌を躍らせた。菜緒が腰をヒクつかせる。――と、怒張から口を離した。

「だめッ、イッちゃう！」

怯えたような声を放った。加賀見はなおも攻めたてた。

「アアッ、イクッ、イクイクッ、イクッ……」

息せききって感じ入ったような声を発しながら菜緒は上体を伏せていくと、加賀見の脚にしがみついて軀をわななかせた。

その一回り大きくなったように感じられる、そのぶん理性では制御できない欲望が詰まっているようにも見える、むちっとした尻が、加賀見の欲情をかきたてた。

加賀見は起き上がると、突っ伏したままの菜緒の脚を開いた。白い二つの肉丘の間に、煽情的な眺めが露呈した。肉びらがわずかに開き、濡れ光っているピンク色の粘膜が覗いている。そこに怒張をあてがうと、加賀見は押し入った。

「アウッ――！」

菜緒が生々しい声を洩らしてのけぞった。

加賀見は上体を起こして突きたてた。この体位は挿入深度も摩擦感も強い。菜緒はたちまち感泣するような声を洩らしはじめた。

「どれくらいセックスレスだったんだ？」

加賀見が律動しながら訊くと、

「二年くらいッ……アアンッ、いいッ、アアッ、もう我慢できないッ」

泣き声でいって、早くも絶頂寸前であることを訴える。

「この軀でよく我慢してたもんだな。もう我慢することはない、イッていいよ」

そういって加賀見は抽送を速めた。すぐに菜緒の感泣が切迫してきて、カエルのように開いている両手でシーツを強く握りしめると絶頂を訴えながら軀を痙攣させる。

加賀見はまた菜緒に軀を重ねた。菜緒の横たえている顔を覗き込み、キスにいこうとして驚いた。菜緒は涙を流していたのだ。

その涙を加賀見は舐め取って、菜緒の唇にキスした。

たがいに舌をからめ合っていると、菜緒がもどかしそうな鼻声を洩らして身をくねらせた。彼女を貫いたままの怒張に、また感応したらしい。

「このままつづけよう。四つん這いになってごらん」

加賀見がいうと、二秒ほどの間があって、菜緒は犬の姿勢を取った。

「背中を反らして、ぐっと尻を突き上げて」

加賀見は菜緒の背中のウエストのあたりを触って指示した。すると、菜緒はそのとおりにした。

むちっとした左右の尻朶が開いて、秘苑があからさまになっている。それ以上に元妻が見せている『後ろから犯してください』といわんばかりの、これ以上ない煽情的な格好が、初めて柚木貴子と関係を持ったときに匹敵するぐらいに加賀見の欲情を煽り、怒張をうずかせた。

3

「いい部屋だな。さすが貴子さんだ、センスがいい」

リビングルームの真ん中に立って新堂祥平が室内を見回しながらいう。

「お世辞はいいから座って。なに飲む？」

貴子がアイランドキッチンの内側から声をかけると、

「あ、はい。ビールを頂こうかな」

祥平がソファに歩み寄りながらいった。

金曜日の夜八時をまわったところだった。

この夜、貴子は初めて祥平と自分の部屋で逢うことにして、彼を呼び入れたのだ。といっても人目を憚(はばか)る関係だから、一緒に行動はできない。仕事が終わったあと貴子だけ先に帰宅し、あとから祥平が訪ねてくるということにした。

ふたりは、あの加賀見を交えた3Pのあと、二度ふたりだけで逢っていた。

「これでぼくの役目はほぼ終わったようなものだから、これからは新堂くんともふたりだけで楽しむといい。そうすることで、ぼくとの関係ではない視点でセックスを見ることができて、その結果得たものがきみ自身のセックスになる。そこから先は自分の欲望に正直にセックスを楽しむことだ。たかがセックス、されどセックスだからね。もちろん、きみさえよければ、ぼくもこれからも楽しませてほしい」

3Pのあとで貴子は加賀見からそんなことをいわれたのだ。

もっともそれですぐに祥平と関係を持ったわけではない。貴子はいろいろ考えて迷った。

ふたりの立場を考えれば、当然だった。それに祥平との関係は3Pを最後に終わりにすることもできた。それが最善だったかもしれない。

だが貴子はそうしなかった。というより、そうできなかったのだ。祥平から執拗に求められたせいもあったが、それよりも貴子自身、欲望に負けたからだった。

さらにいえば、若い祥平の猛々しいペニスと、その恐ろしいほどのスタミナが頭と軀から離れず、その誘惑に負けてしまったのだ。

そんな自分に、貴子は激しい自己嫌悪をおぼえた。それでも誘惑には勝てなかった。

とはいえふたりの関係は、加賀見とのそれとはちがう。絶対に第三者に知られてはならなかった。

だから二度ホテルで密会したあと、人目につきやすいホテルはやめて、細心の注意と警戒が必要なのは同じだが多少リスクがすくない貴子の部屋で逢うことにしたのだ。

ふたりは二度ホテルで逢っているうち、たがいに「祥平」「貴子さん」と呼び合うようになっていた。それに祥平は貴子に対して、もちろんふたりきりのときだけだが、タメ口をきくようにもなった。

今夜、祥平が部屋に入ってきたとき、貴子が夕食をどうしたのか訊くと、彼はすませてきたといっていた。貴子ももうすませていた。

貴子はビールを満たしたグラスとツマミの乾きものをトレーに乗せてきて、祥平の前のローテーブルに置いた。

「飲んでて。わたし先にシャワーを浴びてくるから」

「だったら、ぼくも一緒に浴びるよ」

そういうと、祥平はビールを一口飲んで立ち上がった。そしてスーツの上着を脱いでソファにかけ、ネクタイを手早く解く。

貴子はちょっと戸惑った。だがこういうとき、だめといわれてあっさり引き下がる祥平ではないことはもうよくわかっている。黙って浴室に向かう貴子のあとからついてきた。

一瞬戸惑った貴子だが、胸がときめいていた。祥平のことだから、ただシャワーを浴びるだけですむはずがない。どんなことをしてくるのかしら。そう思ったら、軀が熱くなった。

洗面所兼脱衣場に入って、ふたりは着ているものを脱ぎはじめた。貴子は帰宅して普段着に着替えていた。祥平がワイシャツのボタンを外しながら貴子を見ている。見られながら脱いでいくのは当然恥ずかしいけれど、刺戟されて興奮もさせられる。下着姿になったとき、貴子は軀がふるえた。

ほとんど同時に息を呑んだ。洗面所の鏡に写っているボクサーパンツだけになった祥平の、露骨に突き上がっている股間が眼に入ったからだ。

「貴子さん、たまにはガーターベルトをつけてよ。３Ｐのとき見て、ぼく、好きになっちゃったんだ」

貴子がボクサーパンツの前に眼を奪われていると、祥平がいった。３Ｐ以来、貴子はガーターベルトを着用していなかった。それより祥平がパンツを勢いよく引き下げたため、肉棒がブルンと生々しく弾んで露出して、

「アアッ」

貴子は喘いだ。そして、鏡を通して祥平の顔を見るなり、

「やだ」

といって向き直ると彼に抱きついた。祥平は笑っていた。わざと見せつけたのだ。

当惑して思わず抱きついた貴子は、若い祥平にいいように翻弄されたことの悔しさから仕返してやりたいと思い、なにかいい手はないか考えようとした。ところがゾクゾクする性感に襲われて、すぐに思考が停止した。下腹部に突き当たっている肉棒のせいだった。

それでも貴子は努めて気持ちを落ち着けると、怒張に手を伸ばした。

「もうこんなにビンビンになっちゃって、どうしてなの？」

指先で亀頭を突つきながら、祥平を色っぽく見上げて訊く。

「あ、それは貴子さんの下着姿を見て……」

祥平がうわずった声で答える。

「あなたの場合、わたしにかぎったことじゃなくて、女性ならだれでも下着姿を見ただけでこんなになっちゃうんでしょ？」

「そんなことないよ」

「なにもウソをつく必要はないでしょ。女性の下着姿を見ただけでビンビンになっちゃうなんて、それだけ精力的で、もっとはっきりいえば勃ちがいいってことで、男性としては誇れることだし、女性も嬉しいことよ。ちがう？」

「ちがわない」

貴子がいいながらブラを取り、ショーツを脱いでいくのに眼を奪われたまま、祥平が興奮した表情でかぶりを振っていう。

そこまでときおりヒクついていた怒張が、貴子が全裸になって故意に隠すことなく見せつけると、腹を叩かんばかりに跳ねた。

貴子はふっと笑っていった。

「ジュニアのほうが正直ね。もっともジュニアなんて可愛い言い方は似合わないけど……」

祥平が苦笑する。

貴子も内心苦笑して思った。相手が年下の、しかも一回りちかく若い祥平が相手だと、いままでにない自分がいる。これも加賀見赳夫と付き合ったせいかもしれない……。

正直な怒張を手にすると、そのまま祥平を浴室に誘った。

全身にシャワーをかけ合い、それぞれ軀にボディソープを塗りつけていると、祥平が貴子を後ろから抱いた。

ボディソープの泡にまみれた軀を貴子の軀にこすりつけながら両手を前にまわしてきて、乳房を揉む。

「ああん、だめよォ」

貴子は身悶えた。思いがけず、甘ったるい声になった。悶えにしても、とてもだめというようなものではない。本気でそういっているわけではないのだから当然だが、密着した泡まみれの軀が滑る感覚も、乳房への愛撫も、戸惑うほど気持ちいい。

さらにもっと戸惑う感触があった。祥平が怒張を尻にこすりつけてきているのだ。

そのヌルヌルした感触に、貴子はゾクゾクする快感をかきたてられてたまらなくなり、

「ああッ、いいわ、気持ちいい……」

ふるえ声でいいながら腰をくねらせて、自分から怒張に尻をこすりつけていった。

そのとき、貴子を後ろから抱いている祥平がそのまま軀の向きを変えた。

貴子は戸惑った。浴室の鏡に自分の下半身が写っているのだ。

「見て」

といって祥平が貴子の下腹部に手を這わせてきた。

「やだ、だめ」

思わずそういって祥平の手に手をかけただけで、貴子は拒まなかった。鏡に眼を奪われてドキドキしていた。

貴子の下腹部のあたりにもボディソープの泡がついている。その白い泡がなごり雪のように見えるヘアを、祥平の手がかき上げると、股間へ侵入してきた。

その手を、貴子は反射的に両脚で締めつけた。すでに祥平の指がクレバスに触れていて、ゾクッとふるえて脚の締めつけを解いた。

「すごいッ。もうビチョビチョだよ」

祥平が指でクレバスをこすりながら耳元でいう。実際、音がしそうな感じだ。

「いやッ」

貴子はカッと軀が熱くなり、声がうわずった。恥ずかしさのためだが、その恥ずかしさは興奮に繋がる種類のものだ。

それに快感をかきたてられて腰がひとりでにクイクイ振れて、いやらしい動きを呈してしまう。

祥平はクレバスを指で嬲りながら、鏡に写っているのは貴子の臍のあたりから下なのでそこから上は見えないが、一方の手で乳房を揉んでいる。

「ほら、わかる？　クリちゃんがビンビンになってるの」

祥平が耳元でいって、貴子自身訊かれるまでもなく勃っているのがわかっていた肉芽を、思わせぶりに指でこねる。

「アンッ、それだめッ、だめよッ」

貴子はうろたえて腰をくねらせた。だが祥平は貴子を抱きかかえてやめない。

貴子はみるみるこらえを失って、甘美なうずきが体奥を走り抜けた。

「だめッ——あぁイクッ、イッちゃう！」

めくるめく快感に襲われて腰がガクガクわななないた。

絶頂感が醒めやらないうちに、貴子は身ぶるいする感覚に襲われた。

鏡を見て、「いやッ」と笑ってしまった。——ヘアの中からヌッと、亀頭が突き出ているのだ。祥平が後ろから貴子の股間に怒張を挿し入れているからだった。

「どう？　ちょっとアブノーマルな感じで、刺戟的でしょ」

祥平が貴子の耳を口でくすぐりながらおもしろそうにいう。

「そうね、倒錯的で、変な感じだわ」

貴子は鏡の中の異様な光景を凝視したまま、正直な感想を口にした。

「変な感じって、興奮するってこと？」

祥平が訊いて怒張を突き引きする。

「アアッ、そう……」

ゾクゾクする性感に襲われて、貴子は声がうわずった。

なおも祥平は肉棒でクレバスをこする。同時に両手で乳房を揉む。

貴子は甘いうずきをかきたてられてたまらなくなった。ひとりでに腰が律動し

てしまう。それで肉棒の刺戟を強く感じることになり、そのぶん快感も強まって
ますますたまらなくなる。

「アアンだめッ、だめよ、我慢できなくなっちゃうからだめッ」

貴子は焦れるように腰をくねらせていった。

「我慢できなくなったら、このまま入れちゃおうよ」

祥平が耳元で囁くようにいう。

「そのときは貴子さんいって。『入れて』って」

「そんな……」

貴子はうろたえた。祥平の手が、亀頭が見え隠れしているすぐ上のヘアをまさ
ぐってきたのだ。その手がなにをしようとしているかは一目瞭然で、しかもこの
状態にそんなことをされたらどうなるか、結果はわかっていた。

祥平が肉棒を突き引きしながら、指で肉芽を弄る。

貴子は一溜まりもなかった。こらえきれない快美感に襲われて太腿を締めつけ、
のけぞると、

「アアッ、イクッ――！」　絶頂に達し、祥平の腕の中で痙攣した。

「入れたい？」

祥平が訊く。

ほとんど反射的に貴子はうなずいた。

「じゃあいって」

祥平がうながす。

「入れて」

貴子はいった。ストレートな言葉で求めることにもはや抵抗はなく、むしろ興奮した。

「なにをどこに入れてほしいの？　できるだけいやらしい言葉でいってほしいな。貴子さんがそういうの、聞きたいんだ」

祥平が若者らしからぬことをいう。だが彼から熟女との性体験のことなどを聞いていた貴子は、祥平らしいと思い、「入れて」といったとき同様、興奮を煽られた。

「ああ、祥平の、ビンビンの×××、わたしの××××に入れて」

頭がクラクラする昂りに襲われながらいうと、

「すごい！」

祥平がうわずった声でいうなり突き入ってきた。

「ウッ――！」

躯を強烈な快感に貫かれて、貴子は呻いてのけぞった。瞬間、イキそうになった。

祥平が貴子の腰を抱え込んで突きたててくる。貴子は前のめりの不安定な体勢になったが、祥平の動き――というより肉棒の動きによって、確実に絶頂への階段を昇っていった。

浴室に肉と肉が叩き合う音が大きく響く。一気に貴子をイカせようとしてだろう。祥平はムキになっている感じだ。その一途さ、激しさが、貴子にとっては嬉しい。こんな感情は初めての経験だった。

だが嬉しがっている暇はなかった。貴子はまたたくまに絶頂に追い上げられて立っていられなくなった。

祥平は腰を落としそうになる貴子を抱えたまま、バスタブの縁に腰かけた。

「こんどは、貴子さんが好きに動いて」

そういわれて貴子は両手で祥平の膝をつかんだ。彼の両脚の間に躯を入れた状態でそうやって前屈みになり、腰を上下させた。

収まったままの肉棒が、達したばかりでまだオルガスムスの余韻が残っている秘芯をスライドしてこする。

「ああいいッ、気持ちいいわッ」

身ぶるいするような快感が素直に口をついて出た。

「すごい。ズコズコ入ってるのが見えてるよ」

祥平がいう。興奮した声だ。

その声に煽られて、貴子は律動を速めた。蜜壺と化している秘芯が、硬い肉棒でこすりたてられて、泣きたくなるほど気持ちいい。

上下動だけでなく、肉棒を奥まで入れて秘芯をこすりつけたくなって、貴子はそうした。とたんに子宮口と亀頭がグリグリこすれ合って、うずくような快感がわきあがった。

「アアッ、奥、当たってるッ、いいッ、たまらないッ」

貴子は腰を遣いながら、ふるえ声でいった。

「ヤバッ。めっちゃいやらしい腰つきだ」

祥平がさきほど以上に興奮した声でいう。

自分がどんな腰の動きをしているか、そしてそれが祥平がいうとおりだということが、貴子にもわかっていた。前後に律動するだけでなく、グラインドも交えていた。

秘芯を肉棒でこすりたてられるのも、掻きまわされるのもいい。

「ねッ、またイッちゃいそう、イッていい？」

貴子はたまらなくなって祥平に訊いた。

「いいよ。イッたら、こんどは貴子さんの顔見たいから前を向いて」

祥平がいうのを聞きながら激しく腰を遣って昇りつめた。そして、呼吸を整えると立ち上がり、軀のバランスが崩れそうになりながら祥平の膝をまたいだ。

恐ろしいほどのパワーとスタミナを持っている若い肉茎は、女蜜にまみれていきり勃ったままだ。それを手にすると、貴子は腰を落としぎみにして、亀頭をクレバスにこすりつけて秘口に収めた。そのままゆっくり、さらに腰を落としていく。

ヌルーッと肉棒が押し入ってきて、腰を落としきると同時にうずくような快感とめまいに襲われて、貴子はかるく達した。

祥平がキスしてきた。彼とほとんど同時に貴子も舌をからめていった。抑えがたい興奮にかられて、貪るようなキスになる。ひとりでに腰がいやらしくうごめいて、喘ぎが泣くような鼻声になってしまう……。

ふと、貴子は思った。——こんなわたし、数カ月前に加賀見赳夫と出会わなかったら、ありえなかった……。

そのとき、祥平が貴子の腰を押しやった。

「ほら、見て。ズッポリ入ってる」

祥平がいう。

つられて貴子は下腹部を見やった。祥平がいったとおりの淫猥な光景にカッと軀が熱くなり、興奮をかきたてられて彼にしがみつくと、夢中になって腰を振りたてていった。

# エピローグ

加賀見が会場に足を踏み入れると、いきなり威勢のいい声が聞こえた。

すでにパーティははじまっていて、壇上に代議士らしき、どこか見た感じの男が立って声高に話していた。

その横に新堂祥平と母親らしい婦人が並んで、畏まった表情で立っている。

さらにその後方の壁面には、「新堂祥平君を激励する会」と書かれたパネルがかかっていた。

ここはホテルの大広間で、立食パーティ式の会場には大勢の出席者があちこちのテーブルを囲んでいた。

新堂から加賀見に一通の封書が送られてきたのは、一カ月ほど前のことだった。

封書の中身は、国会議員の父親が半年前に急逝したため、息子の新堂がK省を辞めて父親の跡を継ぐことになった。ついてはそのお披露目のパーティを開くので、ぜひ加賀見も出席してほしいというものだった。

それから数日後、新堂から加賀見に電話がかかってきて、封書の中身と同じ話があって、そのときもあらためて出席を求められたのだ。

加賀見は新堂とあの3Pを最後に二年ちかく会っていなかった。その間、電話でのやり取りもなかった。

久しぶりの電話の用件がすんだあと、加賀見は新堂にその後の貴子とのことを訊いた。すると新堂は、

「貴子さんとの関係は、ちょうど父が亡くなったあとだから半年くらい前ですけど、解消しました。おたがいに合意の上というか、貴子さんに好きな人ができちゃって、ぼくは正直いってまだ未練があったんですけど、考えてみたら充分楽しませてもらったし、貴子さんを困らせてもいけない、それにいつまでもつづけられる関係ではない。そう思って解消することに同意したんです、円満解決です」

ときおり自嘲するような口調でいった。

貴子に好きな男ができたと聞いて、加賀見はちょっと驚いたが、新堂に相手の

男のことを訊いてみると、わからないということだった。

新堂に出席を求められたものの、加賀見はもともとこの種のパーティを苦手にしていた。それでも出席したのは、電話の最後に新堂が「貴子さんも出席してくれることになってます」といったからだった。

加賀見自身、貴子とは3Pのあと一度、ふたりだけで逢って情事を楽しんだ。そのとき貴子に新堂とのことを訊くと、若い男とのセックスを満喫しているようだった。

これには加賀見もいささか嫉妬をおぼえ、新堂ではないけれど未練を意識させられた。だが、ここはふたりの邪魔をしないようにすべきだろうと考えて、貴子との関係はそれっきりにしたのだった。

パーティの出席者を見まわしていると、加賀見が探している相手もそうしていたらしく、そんな表情の女と眼が合った。

ふたりは出席者の間を縫って歩み寄った。

「お久しぶりです」

「ほんとに……。相変わらず、いや一段ときれいに、それに色っぽくなったね」

「お褒めの言葉を頂いて、ありがとうございます。先生こそ、ますます渋くて危険な匂いのする紳士になられたようですわ」

「ありがとう。最高の褒め言葉だ」

ふたりは応酬し合って笑った。

貴子は深みのある紺色のタイトなワンピースに身をつつみ、パールのネックレスをかけて襟元に白いコサージュをつけている。シンプルかつ上品なファッションとアクセサリーが、知的な容貌の貴子の魅力を引き立てていて、なによりタイトなワンピースが均整が取れた軀を際立たせている。

加賀見は貴子の耳元で囁いた。

「新堂くんと会ったら、ぼくはここを抜けてこのホテルのバーにいってるよ。あとからこないか」

加賀見は貴子の耳元でそう囁き、彼女の顔を見た。

「いつかと同じみたい……」

貴子は加賀見をかるく睨んでいうと、ふっと艶かしい笑みを浮かべて、

「いきます」

と答えた。

そのとき出席者の男が貴子に話しかけてきた。加賀見はそばを離れた。将来を

嘱望されている女性キャリアとなると、こういう場では人気らしい。すぐに貴子の周りに男たちが集まった。

加賀見はようすを見て新堂と顔を合わせ、激励の言葉をかけると会場をあとにした。

バーのカウンターの奥の席について、バーボンの水割りを飲み干したとき、貴子がバーに入ってきた。加賀見の隣に座ると、バーテンダーにモヒートを頼んだ。

加賀見が『ん?』と思って顔を見ると、貴子は素知らぬ顔で前を向いている。

加賀見がお代わりを頼み、やがてふたりの前に酒がくると、ふたりはグラスを持ち上げて乾杯した。

貴子がモヒートを飲んでグラスをカウンターに置くのを待って、加賀見はいった。

「新堂くんから聞いたんだけど、彼氏ができたんだって?」

「え?　ええ……」

貴子は表情を変えず、だが曖昧な口調で答えた。

加賀見はバーボンを飲んでからいった。

「その話、ウソだろ?」

「……どうして？」

「父親が亡くなって、彼の立場は変った。それもあって、ウソをついてでも彼をあきらめさせようと思った。そうなんだろ？」

貴子はふっと笑った。自嘲するような笑いだ。そしてモヒートを飲むと、

「そうです」

といった。

「で、それから彼氏は？」

「いません」

「半年ちかくも？」

「ええ。仕事一筋ですから」

「以前とはちがう軀になったきみが、よくそれでもってるね」

加賀見はいいながら貴子の膝に触った。貴子は拒まない。手を添えているモヒートのグラスをじっと見ている。加賀見はワンピースの下に手を入れ、太腿に這わせた。ストッキングの切れ目とストラップが手に触れた。

モヒートを見つめている貴子の眼が、みるみる艶めいた光をたたえてきたのがわかった。

「ガーターベルトは何色?」

加賀見が訊くと、

「黒……」

貴子がうわずった声で答えた。

＊この作品は、書き下ろしです。また、文中に登場する団体、個人、行為などは実在のものとはいっさい関係ありません。

# ガーターベルトをつけた美人官僚

2021年11月25日　初版発行

著者　雨宮　慶

発行所　株式会社 二見書房
東京都千代田区神田三崎町2-18-11
電話 03(3515)2311［営業］
03(3515)2313［編集］
振替 00170-4-2639

印刷　株式会社 堀内印刷所
製本　株式会社 村上製本所

落丁・乱丁本はお取り替えいたします。
定価は、カバーに表示してあります。

ISBN978-4-576-21174-9
https://www.futami.co.jp/

二見文庫の既刊本

## 夢か現か人妻か

*HAZUKI,Sota*

葉月奏太

俊樹は、女性を助け、お礼に口でサービスしてもらう夢を見る。一週間後、夢と同じことが起きるが現実はセックスまでいけた。近所に住む憧れの人妻の夢を見ると夢以上の展開に。不思議な現象を解明しようとする彼だが、その人妻がＤＶ夫に命を狙われ、助けようとした自分が殺される夢を見てしまい……。今一番新しい形の官能エンタメ書下し！

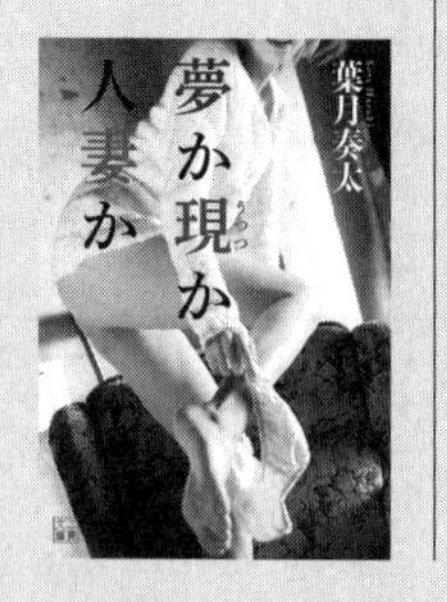

二見文庫の既刊本

# 好色な愛人

AMAMIYA,Kei
雨宮 慶

文化人類学を教えている誠一郎は、ある晩帰宅した際、ふと強い欲求を覚えて久々に妻を抱いてしまう。その原因が、出演依頼をしてきたTVディレクター・令子だったことに気づいた彼は依頼を受けることにし、食事に誘う。そして彼女にすっかり魅入られ、ホテルで、控え室で、今まで経験したことのない情事の迷宮へと——。

人気作家による12年ぶりの書下し！

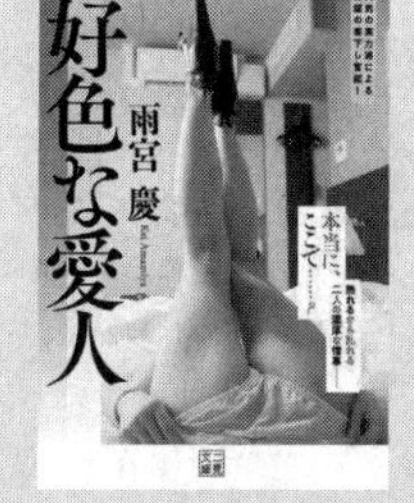

# 他人妻【ひとづま】

AMAMIYA,Kei
雨宮 慶

子どもをいじめから救ってくれた大学生の部屋を夜中訪ねる母親、上司と同僚のセックスを職場で目撃し自分の中に生まれた火照りを抑えきれなくなった人妻、隣人と一緒に満員電車に乗り込むことになり先に手を延ばす熟女……ほか、溜まりに溜まった日頃のセックスの欲求不満を、満たそうとする他人妻たちの姿を描いた、人気の名手による珠玉の官能7編――。

二見文庫の既刊本

## みだら終活日記

MUTSUKI,Kagero
睦月影郎

85歳で入院中の竜介は、病気による余命宣告をされてしまった。そこで財産を譲る相手――平々凡々な跡継ぎ候補――を探し出すことにし、介護器具の調整をしてくれている並男を選んだ。とはいえ、自身の人生に思い残しがないわけではない。未だくすぶる性の欲望を満たすために、並男にある条件を提示し、ある方法を使って……人気作家による書下し終活官能！